# QUE NEM MARÉ

MARCELO DUARTE

# QUE NEM MARÉ

Texto © Marcelo Duarte

Diretor editorial
*Marcelo Duarte*

Diretora comercial
*Patth Pachas*

Diretora de projetos especiais
*Tatiana Fulas*

Coordenadora editorial
*Vanessa Sayuri Sawada*

Assistentes editoriais
*Camila Martins*
*Henrique Torres*

Capa
*Leblu*

Projeto gráfico
*Vanessa Sayuri Sawada*

Diagramação
*Daniel Argento*

Revisão
*Beatriz de Freitas Moreira*

Impressão
*Loyola*

---

CIP-BRASIL. CATALOGAÇÃO NA PUBLICAÇÃO
SINDICATO NACIONAL DOS EDITORES DE LIVROS, RJ

D873q

Duarte, Marcelo, 1964-
Que nem maré / Marcelo Duarte. – 1. ed. – São Paulo: Panda Books, 2022. 208 pp.

ISBN: 978-65-5697-196-4

1. Ficção. 2. Literatura infantojuvenil brasileira. I. Título.

21-69105           CDD: 808.899282
                             CDU: 82-93(81)

Bibliotecária: Camila Donis Hartmann – CRB-7/6472

---

**2022**
Todos os direitos reservados à Panda Books.
Um selo da Editora Original Ltda.
Rua Henrique Schaumann, 286, cj. 41
05413-010 — São Paulo — SP
Tel./Fax: (11) 3088-8444
edoriginal@pandabooks.com.br
www.pandabooks.com.br
Visite nosso Facebook, Instagram e Twitter.

Nenhuma parte desta publicação poderá ser reproduzida por qualquer meio ou forma sem a prévia autorização da Editora Original Ltda. A violação dos direitos autorais é crime estabelecido na Lei nº 9.610/98 e punido pelo artigo 184 do Código Penal.

*A gente sonha a vida inteira e só acorda no fim.*
Racionais MC's em *Homem na estrada*

# SUMÁRIO

| | | | |
|---|---|---|---|
| 9 | UM | 107 | DEZENOVE |
| 13 | DOIS | 113 | VINTE |
| 21 | TRÊS | 119 | VINTE E UM |
| 26 | QUATRO | 123 | VINTE E DOIS |
| 33 | CINCO | 129 | VINTE E TRÊS |
| 37 | SEIS | 136 | VINTE E QUATRO |
| 42 | SETE | 142 | VINTE E CINCO |
| 48 | OITO | 146 | VINTE E SEIS |
| 53 | NOVE | 150 | VINTE E SETE |
| 58 | DEZ | 155 | VINTE E OITO |
| 63 | ONZE | 162 | VINTE E NOVE |
| 68 | DOZE | 168 | TRINTA |
| 72 | TREZE | 178 | TRINTA E UM |
| 77 | CATORZE | 183 | TRINTA E DOIS |
| 83 | QUINZE | 187 | TRINTA E TRÊS |
| 90 | DEZESSEIS | 191 | PENÚLTIMO |
| 94 | DEZESSETE | 198 | FINAL |
| 99 | DEZOITO | | |

UM
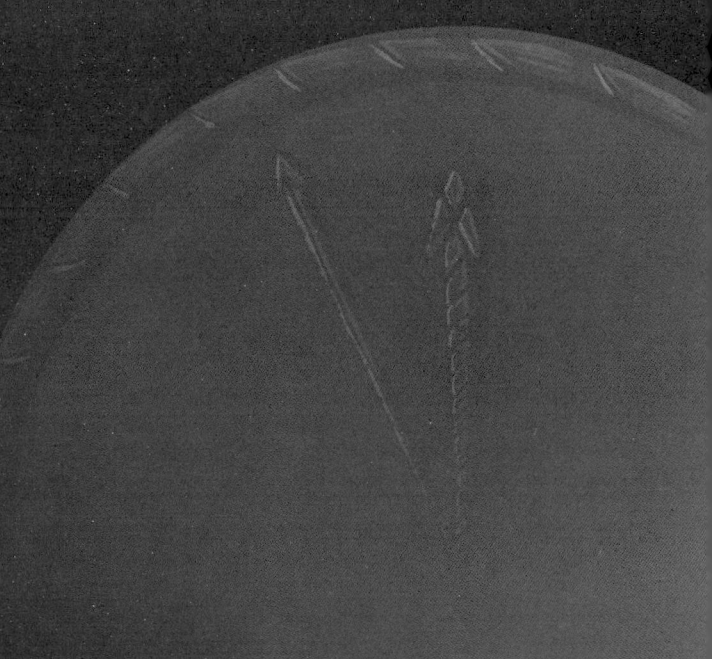

**O RELÓGIO DA COZINHA DE CASA É MUITO BIZARRO.** Em vez de números, ele tem desenhos de pássaros. Os anos deixaram as imagens e os nomes bem desbotados. A cada hora cheia, o relógio faz o som de um pássaro. Eu me acostumei a acordar às cinco da manhã com o pio do curiango e precisava sair de casa antes de o sabiá-laranjeira se pronunciar. Voltava da escola a tempo de ouvir o curió cantar. Desacostumadas com a cantoria, algumas visitas se assustavam e reclamavam do relógio. O curioso é que ele sempre está pontualmente cinco minutos adiantado. Minha mãe inventou esse método para não perder a hora. Mas o estratagema não surtiu muito efeito: ela está sempre dez minutos atrasada. Fazendo as contas, então, faltam trinta e cinco minutos para o Ano-Novo chegar. Estou sozinho em casa. Minha mãe já foi para a casa da irmã dela, tia Virgínia, minha madrinha. Estão preparando a ceia de Réveillon.

Estou me sentindo hipnotizado pelo ponteiro dos segundos. Acompanho ele dar uma volta, depois outra e mais outra. A cozinha ainda está com o cheiro de pernil que mamãe assou. Ela fez também um panelão de lentilhas. Todos da família levam comida e a mesa fica lotada de pratos e travessas. Sempre tem arroz com passas (*argh*), farofa, maionese. Só há uma regra que não pode ser jamais desrespeitada. As aves – peru, frango, chester – estão proibidas no 31 de dezembro. Elas ciscam para trás... e ninguém de nós quer andar para trás no ano que está nascendo. Sei que estou atrasado e levarei uma bronca por causa disso, mas resolvi curtir esse momento de tranquilidade em casa agora. Nem devem ter notado ainda a minha ausência. É tanta gente naquela casa. Tia Virgínia mora muito perto, não gasto nem dez minutos de bicicleta até lá.

Acho que grudei os olhos no relógio dos pássaros para ver se consigo fazer o tempo voar e esse ano terminar mais depressa. Passei por apuros muito sérios – e olha que não sou de dramatizar. Quase fui expulso da escola por causa de uma notícia falsa que espalharam sobre mim. Nessa confusão toda, acabei brigando com o meu melhor amigo. Brigando de soco mesmo, uma droga. Também foi o ano em que descobri o que é o amor. Amor de doer o coração. E como a gente sofre quando ele acaba. Se não bastasse tudo isso, ainda preciso estudar muito para entrar na faculdade e já é hora de pensar no meu primeiro emprego. Esse turbilhão de coisas ao mesmo tempo num ano só.

Foi o ano mais maluco (e que eu queria que terminasse mais depressa) de toda a minha vida.

Eu explico os motivos.

# DOIS

**"QUE CARREIRA VOCÊ VAI SEGUIR?" ESSA PERGUNTA** vem nos martelando por toda a vida, mas ela bate mais forte quando chegamos ao Ensino Médio. Agora, no terceiro ano, a decisão precisava ser tomada. No meu caso, tinha resolvido havia algum tempo. Lembro do dia em que contei para a mamãe e ela ficou toda orgulhosa. Este era o seu maior sonho: queria que eu estudasse e seguisse uma profissão séria, respeitada, para "não terminar como seu pai" (comentário que sempre desaprovei). Quando os dois se conheceram, meu pai era salva-vidas. Ou guarda-vidas, não sei direito o nome oficial. Trabalhava em São Vicente, no litoral paulista, cidade em que nasceu. Ele tinha vinte e dois anos; ela, dezoito. Mamãe desceu para o litoral de ônibus com vários amigos e o cupido fez com que ela fosse parar na praia onde ele estava. Casaram-se um ano e meio depois. Meu pai sempre gostou de "cuidar" das pessoas. Hoje, ele trabalha como segurança.

É alto, forte, raspou o cabelo e tem muques grandes que metem medo. Não chegou a concluir o Ensino Médio. Largou a escola e fez uns bicos para ajudar nas despesas de casa. Meu avô, pai dele, teve um derrame e deixou de trabalhar. Foi um período difícil. Minha mãe sempre quis que ele fizesse o supletivo para tentar depois uma carreira melhor, menos perigosa. Menos perigosa? Meu pai trabalha em uma fábrica de doces. O único perigo que ele corre por lá é o de engordar, pois os donos sempre oferecem quitutes para os funcionários.

Mamãe tinha o sonho de ser professora. Professora de matemática. Ela ama números, sabe a tabuada de cabeça, inclusive a do oito, que é a mais difícil de todas. (Tem duas garotas assim na minha turma – a Paola Ribeiro e a Giovanna Menezes. Elas são gênias em matemática, só tiram notas altas, e resolveram fazer engenharia. Dois ou três garotos acharam estranho meninas querendo ser engenheiras, mas as duas fizeram careta e disseram que eles estavam por fora.) Minha mãe controla o orçamento de casa com uma habilidade impressionante. Ela seria uma excelente engenheira ou matemática. Só que não conseguiu. Eu cheguei muito cedo e ela deixou o sonho para mais tarde. Muita gente adia os sonhos e depois não consegue realizá-los, o que pode ser um grande erro. Quando ela se separou do meu pai, a vida ficou complicada. Guerreira, ela passou a fazer faxina para reforçar o orçamento. Não era raro ficar na frente do fogão várias noites para entregar encomendas de bolos e docinhos.

Sabia de todo o esforço que a minha mãe fazia para me manter em uma boa escola. Uma das melhores da região. Três anos antes, ela deixou um emprego de caixa de supermercado para trabalhar como merendeira numa escola particular *top* aqui da zona Sul de São Paulo. O salário era um pouco menor, mas eu teria direito a uma bolsa de estudos integral. Não é preciso ser bom de conta para ver que a mudança compensava.

A minha adaptação à nova escola foi um problema sério. Começou pela prova que tive que fazer para conseguir a bolsa. Eu era um dos melhores alunos da antiga escola, mas suei muito para atingir a nota mínima. Suor foi outro problema. Ouvi alguns comentários como "sovaco fedido" quando entrava na classe. Antes eu estudava a apenas oito quadras de casa. A nova escola ficava a um trajeto de metrô e outro de ônibus de distância. Em dias bons, eu levava uma hora e quinze para chegar. Fiz as contas: perdia cinquenta horas por mês nesse ir e vir. Peguei a calculadora e percebi que dava quase quinhentas horas num ano letivo – ou vinte dias da minha vida, a maior parte do tempo em pé. Sabe o que é isso? Comecei a levar desodorante na mochila e dava um reforço assim que descia no ponto.

No meio desse emaranhado de números, pode parecer que tenho a mesma desenvoltura em matemática que a minha mãe, o que não é verdade. Sempre estudei muito. No primeiro ano, com um esforço descomunal, fiquei de recuperação em apenas uma matéria. E justo matemática – para desespero da minha mãe. Achei que não iria escapar. Se repetisse, eu perderia a bolsa. Imagine o meu desespero. Fui persistente porque o fraco não alcança a meta. Fiz as aulas de reforço e consegui passar.

* * *

Outra barreira que enfrentei foi a de fazer amizades. Todos da minha classe já se conheciam havia um bom tempo. Alguns estavam juntos desde o maternal. Virar amigo de alguém assim de uma hora para outra era como atravessar um muro de concreto. A gente aprende que cada obstáculo é uma lição. Um colega muito importante naquele primeiro ano foi o Chen, um tesouro que apareceu na minha vida. Chen em chinês significa "tesouro", daí eu ter feito esse trocadilho. Ele viu o meu desespero quando cheguei e se prontificou a me ajudar. Também tinha se sentido excluído quando entrou para a escola e resolveu ser solidário a mim. Aprendi o que é empatia com ele. O pai de Chen veio trabalhar no consulado chinês em São Paulo, a mãe estava grávida, e ele nasceu aqui. Chen é filho único. Por isso, ele gostava da minha companhia, e eu também gostava da dele. Só quem é filho único sabe o que é aguentar pai e mãe cobrando exclusivamente você. Ou não ter um irmão mais novo em quem jogar a culpa. Por isso, nós nos entendíamos tão bem.

    Chen ficou várias vezes depois da aula para me ensinar exercícios, fórmulas, tabelas, conceitos. Ele me convidou para dormir em sua casa no sábado antes da semana de provas finais. Acabei ficando por lá também no domingo. A família dele me recebeu muito bem. A mãe de Chen, que cuida da casa, preparou coisas que nunca havia visto na vida, com nomes até engraçados, tipo chop-suey, pedaços de carne cozidos com legumes. Experimentei também um pãozinho chamado *bao*. Ele era tão branco que parecia que a massa estava crua e vinha recheado com carne de porco picante. Tive que entornar um copo de água em uma golada só para apagar o incêndio que tomou conta da minha boca. O prato preferido do Chen é o *lámen*, um macarrão que vem boiando numa cumbuca com água quente. Minha primeira impressão foi a de que tinham esquecido de escorrer a massa, mas os três comiam assim mesmo, como uma sopa, com um monte de verduras e legumes por cima. Não gostava tanto de verduras e legumes, mas na casa dos outros a gente fica com vergonha de recusar e acaba experimentando. Esperava sempre eles tomarem a iniciativa para aprender como comer. Só sei que adorei. Quando contei para minha mãe que estava gostando de broto de feijão e de bambu, ela ficou com os olhos desse tamanho.

No segundo ano, continuamos passando os fins de semana juntos. Começávamos em cima de cadernos, livros e apostilas para nos livrarmos logo das lições. Ninguém merece lição aos sábados e domingos, né? Chen sempre foi muito paciente para me ensinar.

Depois, adorávamos jogar videogame, ver seriados na TV, jogar basquete. Por isso, considerava Chen o meu melhor amigo. Tinha uma dívida de gratidão gigantesca com ele.

Durante a semana, a agenda de Chen era uma loucura. Ele frequentava aulas de piano, kung fu e programação. Também recebia a visita duas vezes por semana de uma professora particular de chinês. Se isso não bastasse, logo que as aulas começaram, Chen me contou que tinha arrumado uma namorada no conservatório. O nome dela era Carmen, aluna de violino. O pai é um maestro de renome e a mãe, professora de canto, ele me disse. Carmen respirava música o tempo inteiro. Chen abriu o celular e me mostrou a foto dela.

Foi o dia em que mais elogiei o bom gosto de um amigo em toda a minha vida.

# TRÊS

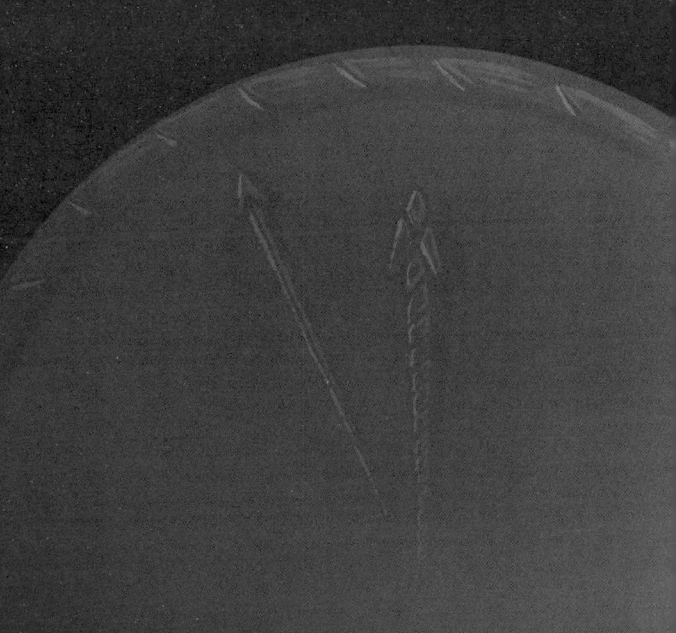

**A MENSAGEM SALTOU NA TELA TRINCADA DO MEU CELU**lar. Era a minha mãe, perguntando por que eu estava demorando tanto. Faltavam trinta e quatro minutos para a contagem regressiva. Ou vinte e nove minutos no nosso relógio de pássaros. Quando os ponteiros se encontrarem no uirapuru, todos deverão se abraçar, beijar e saudar o Ano-Novo. O uirapuru não está no alto, no lugar mais nobre do relógio, por acaso. Ele é famoso por ter um dos mais belos cantos da natureza. Dizem que todos os outros pássaros param de cantar para ouvi-lo. O som lembra um clarinete. Ele canta apenas quinze dias por ano, de manhã e de noite, quando está construindo seu ninho. Há uma lenda que diz que o pássaro é flechado no coração por uma moça, apaixonada por sua música, e transforma-se em um lindo jovem. Por isso, o uirapuru é conhecido na Amazônia como rei do amor (foi o que li na Wikipédia, espero que esteja certo). A lembrança do som melodioso do uirapuru me fez perguntar por onde andaria Carmen agora? Resolvi testar o Google para verificar se ele tem mesmo as respostas para todas as nossas perguntas. Digitei no celular "Onde está Carmen?", e o buscador abriu uma série de reportagens sobre o game Onde Está Carmen Sandiego?. Achei graça e fechei a página. Não, não era essa Carmen. Pelo visto, a Carmen que eu estou procurando nem o Google consegue localizar.

Outra pergunta que eu gostaria que o Google me respondesse agora era "Quem será o primeiro a ganhar seu abraço no Ano-Novo?". A primeira vez que a vi o felizardo foi o Chen. Ele me convidou para assistir à audição em celebração ao aniversário do conservatório. O auditório era pequeno. Tinha o quê... Umas cinquenta cadeiras, se isso. Todas estavam tomadas. Algumas por pessoas, outras por bolsas, blusas e echarpes. Lugares reservados para parentes e amigos que só chegariam em cima da hora ou que nem viriam. Fiquei em pé no fundo do auditório. Carmen entrou para dizer alguma coisa a um casal na terceira fila, que depois viria a saber que eram seus pais. Quando ela voltava, nossos olhares se cruzaram e achei que seria de bom-tom me apresentar:

– Oi, Carmen, sou o amigo do Chen!

Ela abriu um sorriso e disse, bem baixinho para não atrapalhar o menino que se apresentava, que Chen falava muito de mim. Ela tinha lindos olhos castanhos, mas o que me chamou a atenção primeiro foi o formato dos lábios. Não sei se era loucura da minha cabeça, mas o centro deles parecia formar um coração.

– Fala bem ou mal? – perguntei, tentando fazer graça.

– Sempre bem – divertiu-se. – Ele gosta muito de você e vai ficar feliz com a sua presença.

– O Chen é o meu melhor amigo, eu jamais perderia essa apresentação. Não sabia que você também iria se apresentar hoje.

– Fui a primeira – explicou. – A plateia estava mais vazia. Ainda bem, sou muito tímida. Você também é músico?

– Não, não. Na verdade, eu gosto mesmo é de desenhar.

Paramos a conversa quando percebemos que iria começar a apresentação de Chen. Carmen encontrou uma poltrona livre e me pediu licença. Chen estava de blazer e sapatos engraxados. Ele se preparava para tocar *Sonata para piano número 18*, de um compositor austríaco chamado Mozart, conforme anunciou seu professor. A música havia sido composta mais de duzentos anos antes. Vendo Chen tocar daquele jeito, achei que eu precisaria mesmo dos tais duzentos anos para fazer igual. Pela energia dos aplausos do público, tive a certeza de que Chen arrasou. "É um virtuoso", disse uma moça ao meu lado. Memorizei a palavra para descobrir o seu significado mais tarde em casa e devo dizer que concordei com ela.

Quando terminou, fui cumprimentar Chen. Ele já tinha recebido os parabéns dos pais e estava agora abraçado com Carmen. Ela contou que havíamos nos conhecido antes do concerto. Por sugestão dele, tiramos uma selfie os três juntos. Carmen pediu que eu a marcasse e me passou o seu Instagram. Só postei a foto quando cheguei em casa. Fiquei sem graça de perguntar se a escola de música tinha wi-fi. Não deu nem dois minutos e ela curtiu a foto e me mandou uma mensagem privada: "Adorei te conhecer". Eu também tinha adorado.

Foi o dia em que senti o arrepio mais forte de toda a minha vida.

# QUATRO

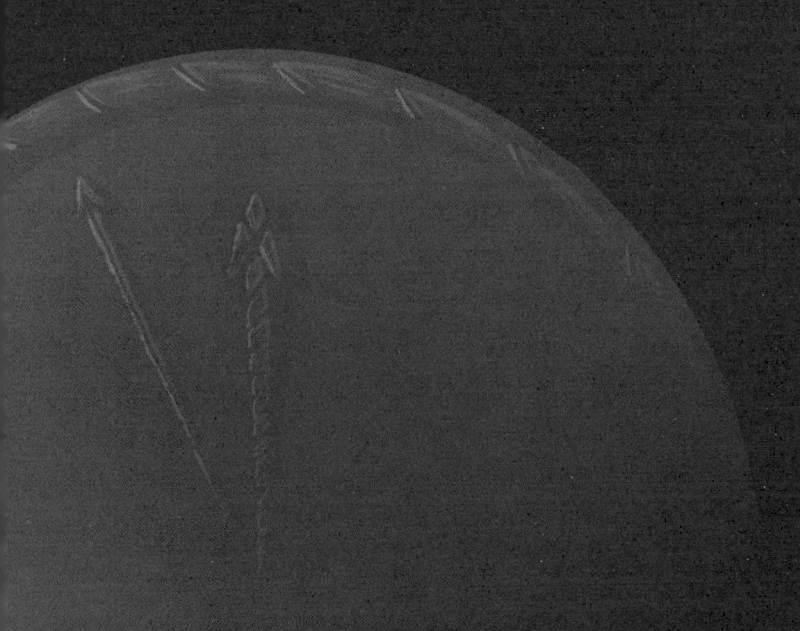

**NÃO QUE EU ACHASSE DE TODO RUIM, LONGE DISSO,** mas deu para perceber perfeitamente que os professores estavam nos enrolando ao máximo naquele dia. Muitos alunos tinham emendado o feriado e os poucos que foram também não estavam muito a fim de aprender matéria nova ou fazer exercícios. Todo mundo queria mesmo era conversar. O professor de filosofia percebeu e começou a aula perguntando se já estávamos certos da carreira que iríamos seguir.

Carol falou publicidade; Francesco queria ser cardiologista como sua mãe; Rafael tinha planos de fazer direito. Estela sonhava em trabalhar como programadora de softwares. Juliana e Leonardo, jornalismo esportivo. Giulianna Florêncio, psicologia. Ana Sílvia, agronomia para cuidar das fazendas da família. Plínio, engenheiro "de tanto que o pai encheu a minha paciência".

— Vou ser redator de memes... — respondeu Henrique.

— Vai morrer de fome — zombou Juliano.

O professor enxergou um gancho na conversa e emendou outra pergunta:

— Para vocês, o que é mais importante: ganhar dinheiro ou fazer o que se gosta?

— Ah, os dois! — disse Laís, acompanhada de vários votos.

— Mas e se vocês tivessem que escolher apenas uma das coisas? — continuou provocando o professor.

Eu não gostava muito de levantar a mão para responder a qualquer pergunta. Mas ele olhou na minha direção, e achei que queria saber o que eu pensava.

— Prefiro fazer o que eu gosto — respondi.

— É que você ainda não sabe como é bom ganhar dinheiro — debochou Henrique, seguido por um coro de risadas.

— E você sabe, Henrique? — o professor continuou colocando lenha na discussão.

— Vejo pelo meu pai... Ele trabalha até tarde todos os dias, às vezes nos fins de semana e nas férias. Por isso, em casa, temos tudo o que queremos. Ele diz que é assim que funciona a meritocracia.

— Não é bem assim, Henrique... — o professor fez um muxoxo. — A desigualdade social pode tornar essa disputa injusta. Imagine que duas pessoas resolvam apostar corrida numa pista cheia de pedrinhas pontiagudas. Uma corre com tênis especiais e a outra, descalça. Ou um está superalimentado e o outro subnutrido. Tem gente que leva vantagem, não acha? Seria justo se todos tivessem as mesmas condições na disputa.

Juro que olhei para os meus pés e eles pareceram estar descalços quando o professor falou aquilo. Por isso, eu estava um pouco distraído no momento em que ele se dirigiu a mim:

– Você já escolheu a sua futura profissão?

– Quero ser professor – respondi.

– De balé? – Henrique me atacou de novo. Sua pequena claque achou a piada engraçada.

– É... para dar aula para você! – rebati. Henrique se irritou com o troco e a conversa descambou. O professor ficou irritado com o comportamento de Henrique e pediu que ele se retirasse da aula. Disse que aquilo não era jeito de tratar um colega, que ele não tinha aprendido nada nas aulas de filosofia. Henrique levou o maior sabão e (uma expressão que Chen adorava) saiu bem pianinho da sala.

\* \* \*

– Ô, bolsista! – ouvi alguém chamando e reconheci a voz de Henrique. Estava caminhando em direção ao ponto de ônibus, e ele veio atrás de mim, esperando chegar a uma distância segura da escola para me abordar. Eu era um dos poucos alunos que voltavam para casa de ônibus, ele sabia que não haveria mais ninguém da turma por perto.

– Não gostei da sua resposta, viu? – apontou o dedo na minha cara. – Toma muito cuidado comigo...

– Fiz o mesmo que você fez comigo – acho que foi isso que eu disse, mas não consigo ter certeza agora.

Nessa hora, eu me lembrei do seu Aderbal, um amigo do meu pai que adestra pastores-alemães para trabalhar em empresas de segurança. Ele diz que, se você demonstrar medo, é aí que o cão avança mesmo.

– Só estava brincando, bolsista! Não sabe brincar?

– Quem não sabe brincar é você! – continuei tentando controlar o nervosismo. Não podia fraquejar, mas, ao mesmo tempo, ficava lembrando que os bolsistas não podem se envolver em confusões, sob risco de perderem a bolsa.

– Pega aí seu estojo das princesas, tira uma caneta lá de dentro e anota no caderno mais perfumado que tiver que é para você nunca mais fazer nenhuma piada com a mesma pessoa.

E, antes de virar as costas, ameaçou:

– Meu pai é diretor de uma torcida organizada e tem uns amigos bem maus lá, tá sabendo?

É incrível como a gente tem sempre lembranças vivas dos momentos de dor, de pânico, de medo. Pensar nessa cena outra vez bem no último dia do ano é a prova disso. Caí em uma turma bem complicada no terceiro ano. Talvez nossos ânimos estivessem mais exaltados pela entrada na fase adulta (os tais hormônios!), pela escolha da profissão, pelo aumento das responsabilidades.

– Naquela escola em que você estudava antes... qual era o nome mesmo? – continuou Henrique.

– Hildebrando Macedo – não deveria ter respondido, mas escapou.

– Que nome ridículo... Hildebrando Macedo... Lá você podia apitar alguma coisa. Até duvido disso. Mas aqui você não é ninguém. Entendeu?

Queria ter muques iguais ao do meu pai para colocar aquele idiota em seu devido lugar. Pena que os meus braços sejam fininhos como bambus. Nem altura eu tenho. Sou um dos mais franzinos da turma. Puxei à família da minha mãe. Se eu brigasse com ele, eu é que me daria mal. Seria mais justo se nós dois tivéssemos as mesmas condições de disputa.

Foi o dia em que mais me senti impotente em toda a minha vida.

# CINCO

**AINDA ESTAVA COM HENRIQUE ATORMENTANDO MEUS** pensamentos quando, dois ou três dias depois, do nada, Carmen me surpreendeu com uma mensagem no WhatsApp: "Oi. Esqueci de perguntar: você gosta de música?".

Devia ter guardado a data, mas não guardei. Só sei que foi na segunda semana de março. Uma pergunta simples, mas que poderia me levar do céu ao inferno no conceito que Carmen formaria de mim. Só ouvia rap e hip-hop, será que ela conhecia esse som? Carmen não tinha jeito de gostar dos Racionais, minha banda preferida. Eles mostram como ninguém a nossa vida aqui na periferia. Eles me representam! Deveria dizer a verdade ou isso queimaria meu filme logo de cara?

"Claro! Quem é que não gosta?", achei que a melhor estratégia era tentar responder com outra pergunta.

"Você canta?"

"Não. Só canto no chuveiro", minha sensação é que a resposta foi bobinha. "Kkkk. Por que você perguntou isso do nada?"

"Sei lá. Gostei da sua voz. Você tem voz de tenor!"

"Tenor ou terror?", usar o humor é uma boa arma nessas horas de desespero.

"Kkkkkkk! Agora uma pergunta difícil", escreveu Carmen, como se as outras tivessem sido fáceis.

"Qual é a sua música preferida?"

Era a pergunta que, àquela altura, valia o grande prêmio. O que ela pensaria de mim se eu falasse uma música besta? Ou que ela detestasse? Tentei ganhar tempo:

"Primeiro me diz por que você quer saber..."

Eu só tinha uma chance e não poderia desperdiçá-la. Mas, sob pressão, nada vinha à minha cabeça. Carmen foi rápida de novo:

"Só por curiosidade."

Precisava ganhar mais alguns segundos, mas ela começou a me pressionar. Carmen não me dava tempo de respirar:

"Vamos! Sua música preferida."

Até que uma inspiração baixou e me lembrei de um CD que meu pai tocava num aparelho três em um sempre que queria fazer as pazes com mamãe depois de alguma briga. Eles dançavam e, depois... bem, vou poupá-lo dos detalhes sórdidos. Só sei que fui até a estante e o encontrei. Mamãe não teve coragem de jogá-lo fora.

"Conhece a Whitney Houston?"

"Você gosta da Whitney Houston?!?"

Estava na cara que Carmen não levou minha resposta muito a sério e, por causa disso, resolvi usar o meu coringa: digitei a história do meu pai e da minha mãe, os dois dançando na sala, as pazes, os beijos (alguns detalhes sórdidos escaparam, mas foi por uma boa causa)... e ela ficou encantada.

"Que lindo! Vamos fazer uma troca, então? Você me ensina a desenhar e, em agradecimento, eu aprendo a tocar uma música da Whitney Houston no violino para você, topa?"

Foi o dia em que eu disse o "sim" mais rápido de toda a minha vida.

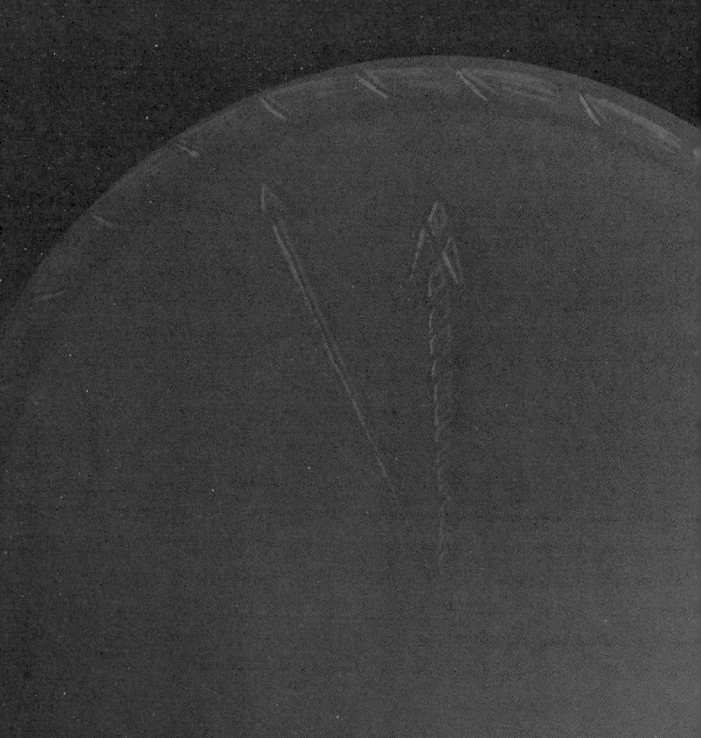

# SEIS

**ESTÁVAMOS TODOS NA CASA DO BENÍCIO ARAÚJO, FA-** zendo uma pesquisa sobre trabalho infantil. Usamos sempre nome e sobrenome quando há mais de um aluno com o mesmo nome na classe. São dois Benício, o Araújo e o Negreiros. Temos três Giovanna com dois enes e uma Giovana com um ene só. Mais três Lucca, dois Enzo Gabriel e duas Maria Clara. Ali, no nosso trabalho em grupo, não havia nem um nome repetido, mas, mesmo assim, chamávamos o Benício de Benício Araújo. Ou só de Araújo. Trabalho em grupo é aquela coisa chata de sempre. Dois fazem e os outros conversam e dão palpites. Por isso, não é difícil acontecer algumas divagações.

– Podemos entrevistar um youtuber mirim – disse Patrick.

– O que tem a ver isso com o nosso trabalho? – estranhou Chen. – Não é trabalho infantil...

– Claro que é – insistiu Patrick. – Tem youtuber de dez, onze anos, fazendo o maior sucesso.

– Acorda, cara! Precisamos falar da exploração da criança... – explicou Araújo. – A professora disse que, no Brasil, crianças de até catorze anos são proibidas de trabalhar. Aquelas crianças que ficam vendendo bala no farol estão trabalhando?

– Isso não tem mais – disse Patrick. – Nunca mais vi na rua.

– É que você vai com o focinho enterrado no celular e não olha para as ruas – ponderou o anfitrião novamente. – Tá cheio, sim, tem em toda esquina.

– Você lembra de algum mano, de algum truta lá da escola pública que poderíamos entrevistar? – Patrick me fez a pergunta, usando uma linguagem que achei provocativa, que era para cutucar a minha condição social. Não caí no jogo dele.

Na maior naturalidade, contei que havia um menino chamado Jonas, que tinha uma história bastante triste. O pai foi preso e a mãe, que recolhia latinhas e garrafas PET, ficou tomando conta de cinco filhos. Um deles era recém-nascido. Ele teve que sair da escola para ajudar a criar os irmãos. Ouvi dizer que foi trabalhar com um vendedor ambulante e que virou guardador de carros também. Mas perdi o contato com ele.

– Guardador de carro é uma praga em São Paulo – bronqueou Patrick. – Meu pai diz que eles deveriam ser todos exterminados. Vendedor ambulante também prejudica o coitado do comerciante que está instalado ali, pagando impostos.

Seguia com meu propósito de não entrar em polêmicas, mas não gostei também do que ele disse. O que Patrick, vivendo numa bolha de luxo e ganância, sabia da vida e das dificuldades de alguém como o Jonas? Eu tinha convivido e ainda convivo com muita gente assim. Vítimas de todo tipo de violência, que têm que fazer uma escolha entre sonhar e sobreviver. Essas bobagens repetidas à exaustão só serviam para continuar alimentando o preconceito contra os mais pobres.

– Logo, logo ele vai seguir os passos do pai e vai para o crime também – profetizou Patrick, emendando uma pergunta. – O pai dele matou alguém? Ou era traficante?

Disse que não sabia, o que era verdade. Jonas nunca comentou nada. Meio ausente até então, Chen resolveu entrar na conversa:

– O erro de um pai pode não ser necessariamente repetido pelos filhos.

– Filho de peixe, peixinho é... – rebateu Patrick.
– Está no DNA.

– Então o seu pai deve ser um grande burro – Chen fez a tréplica.

Chen era definitivamente meu ídolo. Falou o que eu queria falar. Aí a discussão pegou fogo. Patrick destilou uma série de desaforos sobre imigrantes, pessoas que viviam em comunidades, gente de outros estados. Não sei se ele pensava daquele jeito ou se estava apenas repetindo o que ouvia em casa. Só lembro que, nessa saraivada de insultos, Patrick me ofendeu com uma palavra que não gosto de lembrar. Cansei daquilo. Eu me irritei profundamente e o mandei para aquele lugar. Disse que procuraria outro grupo para fazer o trabalho, peguei a minha mochila e não me despedi de ninguém. O Chen saiu junto.

Foi o dia em que mais fiquei revoltado em toda a minha vida.

# SETE

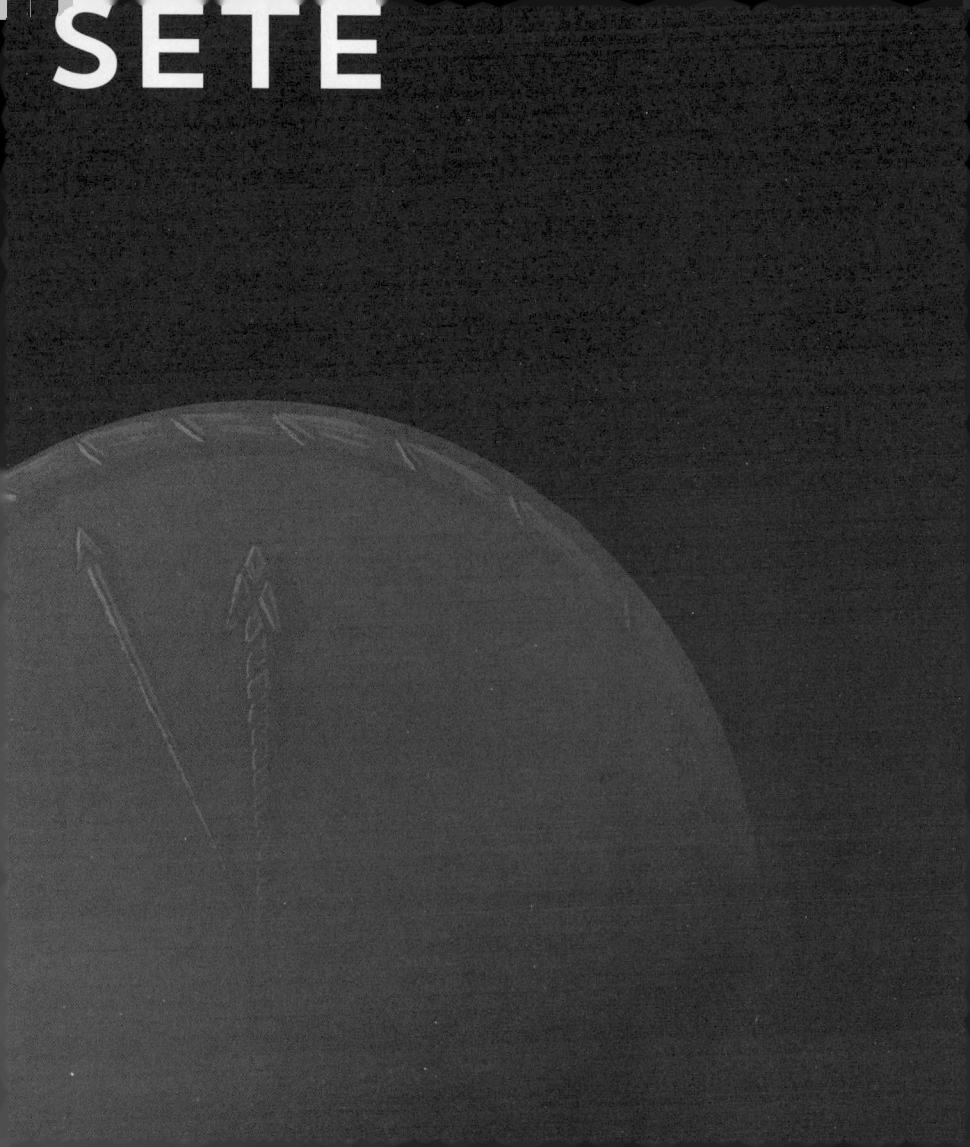

**CHEN NÃO ERA UM CARA DE FALAR MUITO. PARECIA** até um pouco seco de vez em quando. Naquela sexta-feira, depois da aula, ele me perguntou se eu topava comer pastel na feira da rua da escola. O namoro dele acabou com nossos fins de semana de games, seriados e basquete. Distanciamo-nos um pouco. Não saberia dizer se isso havia sido bom ou ruim, diante de tudo o que vinha acontecendo. Eu estava sem dinheiro na carteira (ela tinha até eco de tão vazia) e desconversei. Ele deve ter percebido a minha situação e se ofereceu para pagar. Fiquei sem graça, disse que não, mas ele insistiu. Então fomos. Chen avisou que teríamos que ser rápidos porque seu pai passaria em vinte minutos para apanhá-lo e levá-lo ao cursinho.

Perguntei se ele já tinha mesmo se decidido pelo curso de direito.

– Não é o que quero – respondeu Chen. – Mas meu pai quer que eu siga a carreira de diplomata, como ele, e disse que o direito internacional é importantíssimo. Preciso obedecê-lo.

— Se dependesse só da sua vontade, o que você faria?

— Queria ser piloto de avião! — ele respondeu.

— Deve ser incrível voar de avião, morro de vontade — eu disse, com a cabeça nas nuvens.

— Por que você não tenta ser piloto de avião, então? — Chen me lançou a ideia.

— Será? — questionei, intrigado. — Eu nunca nem cheguei perto de um avião... Como vou dirigir aquele negócio?

— Os aviões mais novos têm joysticks para pilotar, sabia? — ele explicou. — É uma chance de você viajar pelo mundo inteiro.

— Como professor de geografia, também posso viajar pelo mundo inteiro — contestei.

Herdei do meu pai o fascínio pelos mapas — e, por tabela, pela geografia. Chen sabia disso. Tenho guardado até hoje um mapa-múndi que ele mandou enquadrar. Veio de brinde no primeiro número de uma enciclopédia que ele só comprou por causa do mapa. Meu gosto pela geografia nasceu daí. Conheço os nomes de todas as capitais e identifico a bandeira de qualquer país. Tenho um livro lindo de bandeiras, de capa dura, na estante da sala. Está até meio sujo de tanto que eu já o folheei.

– Vão querer pastel de quê? – perguntou a vendedora, interrompendo bruscamente a viagem.

– De queijo, por favor! – respondi, de volta ao plano terreno.

Chen pediu de carne para ele.

– Dá tempo de namorar com tanta coisa assim pra fazer? – estava curioso para saber.

– Nós nos encontramos aos sábados e aos domingos – respondeu Chen, antes de dar a primeira mordida no pastel. – Carmen também tem uma agenda bem cheia. Ela estuda violino duas horas por dia, de segunda a sexta.

Eu tinha as tardes e as noites inteiras livres. Não exatamente livres. Precisava me virar nos trinta e estudar por conta própria. Guardei os livros do primeiro e do segundo ano para rever todas as matérias agora no terceiro. Também ganhei as apostilas de um cursinho que a filha da manicure da minha mãe usou dois anos antes.

– Como é o pai da Carmen? – perguntei. – Ele gosta de você?

– Ele é meio bravo, tem ciúmes das filhas – descreveu Chen. – Mas gostou de mim porque eu sou músico. Ele é maestro e pede sempre que toquemos juntos. Fica todo orgulhoso.

Meu problema era tocar a vida. Sabia que as minhas chances de entrar em uma universidade pública eram pequenas. Mas "enquanto há vida, há esperança" era meu lema. Estava disposto a estudar bastante e dar o meu melhor. Mesmo sabendo que teria que correr descalço contra um monte de competidores com tênis supersônicos. As vagas nos cursos mais disputados sempre ficam para os alunos das melhores escolas, as estatísticas provam. Na minha turma, acho que todos fizeram cursinho, menos eu. O Chen é bem capaz de entrar numa universidade pública. Seria capaz de apostar nisso. O cara sabe tudo. O inglês dele é perfeito. Ele já fez intercâmbio de férias duas vezes.

Mas eu não estou reclamando, não. Diria até que sou um sortudo. Vários dos meus antigos amigos da escola pública já estavam trabalhando para ajudar a família. Os dois primeiros foram a Nádia e o Washington. Conseguiram empregos no McDonald's. A Nádia chamou a gente para ver a foto dela no quadro de funcionária do mês. O Washington não ficou muito tempo por lá. Reclamou da rotina do serviço e de um chefe meio carrasco, que pegava no pé dele o tempo todo. Não sei para onde ele foi depois.

    Pensei em procurar uma vaga no Jovem Aprendiz. Cheguei a entrar no site. Poderia arrumar estágio numa empresa legal, num banco, num órgão público, em algum lugar assim, mas minha mãe foi contra o tempo todo. Ela ~~disse~~ que preferia me ver em casa estudando. Quando terminasse o Ensino Médio, aí sim, eu procuraria um emprego.

    Foi o dia em que mais pensei no futuro em toda a minha vida.

OITO

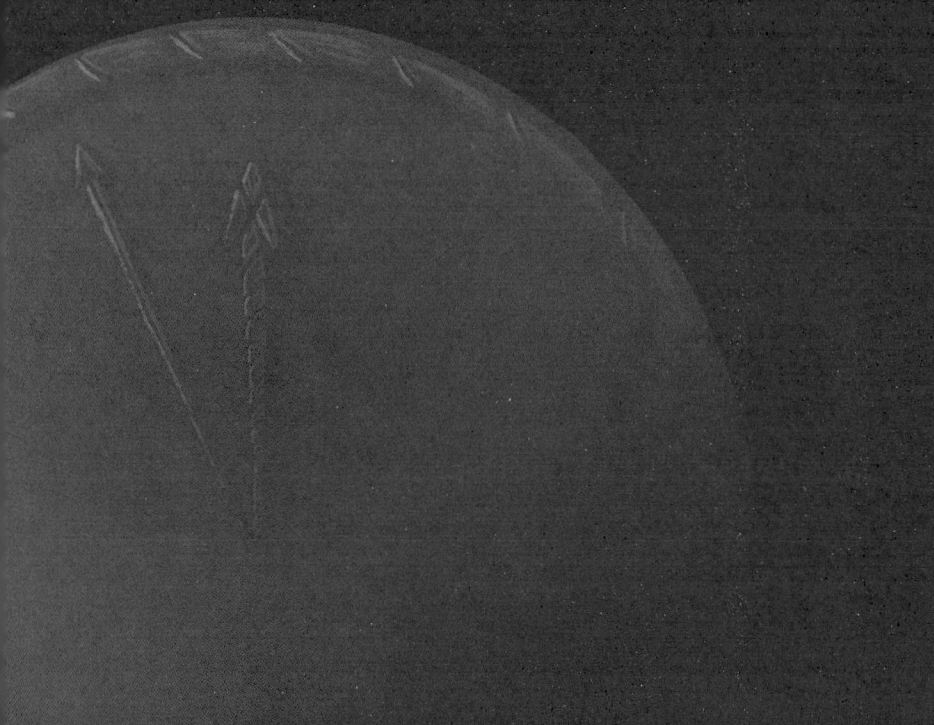

**TIO VALDECI, IRMÃO DA MINHA MÃE, ESTAVA VENDO** futebol na TV quando cheguei na casa dele. Levantou-se da poltrona para me cumprimentar, mas sem desgrudar os olhos da tela. Tive que esperar a partida terminar.

– O Dínamo ganhou do Atlântico por 2 X 0, dois gols do Zuba – informou, mesmo sabendo do meu pouco interesse por futebol. – Estamos classificados para as quartas da Copa Brasileira. O Dínamo não perde nenhuma partida quando estou assistindo.

Isso não era lá uma verdade absoluta. Espalhou-se pela família que tio Valdeci era o cara mais sortudo do mundo. Não, ele nunca ganhou uma rifa sequer. Mas dizíamos isso dele desde que começou a trabalhar como operador de máquina em uma fábrica de biscoitos da sorte. Era uma fábrica pequena, com apenas duas máquinas. Ela abastecia os principais restaurantes orientais de São Paulo. As frases que iam dentro eram compiladas de livros de autoajuda. Havia uma secretária encarregada de fazer isso. As frases não podiam ter mais que cem caracteres e eram guardadas em uma planilha de Excel. A casa do tio Valdeci tinha sempre biscoitos da sorte aos montes. Muitos eram reprovados pelo controle de qualidade – qualquer quebradinho já os eliminava – e os funcionários eram liberados para levá-los embora. Tinha mais interesse nas frases do que propriamente nos docinhos com crocância de biju. Nenhuma visita ia embora sem um deles na mão. Era sua marca registrada.

– Sua mãe disse que você está precisando de roupa para o frio, né? – ele já sabia o motivo da minha visita e eu apenas concordei com a cabeça.

– Separei algumas coisas que não servem mais no Luque. Pode levar tudo e experimentar com calma.

– Obrigado, tio!

– Como está lá na escola?

– Tá tudo bem! Estou estudando bastante...

– Falei para sua mãe que você já poderia estar trabalhando... Mas você sabe como ela é cabeça-dura, né? Morre de medo que você não faça uma faculdade, como aconteceu com ela e seu pai.

Sei lá por que eu disse que não queria um trabalho que tivesse rotina (sei sim, foi por causa do

Washington). Tio Valdeci deve ter achado engraçado, porque ele soltou uma risada que eu não esperava.

— Todo trabalho tem rotina — falou, com ar sério. — A vida é feita de rotinas. Já reparou que, todas as manhãs, a gente começa vestindo as calças sempre com a mesma perna?

Tentei mentalizar a cena, mas não consegui lembrar se eu também vestia desse jeito. Assim, achei por bem não discordar da tese do tio Valdeci. Ele fez o papel da figura paterna durante a minha complicada adolescência. Passei por alguns momentos de rebeldia e dei canseira à minha mãe. Ela teve que recorrer várias vezes ao irmão para ajudar a conter meus ímpetos. Numa de nossas brigas, cheguei a dizer que entendia por que meu pai havia largado dela. Claro que me arrependi, mas palavra pronunciada não volta atrás. Aprendi a respeitar tio Valdeci nessa fase.

Nesse momento da conversa, ele falou do trabalho que fazia na fábrica. Era todo dia sempre igual, sim, sem surpresas, o que ele achava ótimo.

— A rotina me ajudou a construir essa casinha, modesta, é verdade, mas toda paga. Não devo nada a ninguém. Ainda sobra um dinheiro para a carne do churrasco do domingo. Nunca fale mal da rotina. Ela faz parte da vida.

— Tem razão, tio — concordei. — Não devo mesmo ficar escolhendo trabalho. O que eu conseguir será bom para mim.

— Você já comentou com seus amigos da escola que vai precisar de um emprego no ano que vem? — ele quis saber.

Fiz que não com a cabeça. Para mim, aquilo parecia tão fora de propósito.

— Por que eu comentaria isso com meus colegas? — respondi, com a cabeça baixa.

— Pode ser que o pai de algum amigo seja dono ou diretor de uma empresa e que esteja precisando de alguém como você...

— Teria a maior vergonha de pedir uma coisa dessas... Já pensou o que eles diriam de mim?

E ele me retrucou como se estivesse declamando um dos ensinamentos dos biscoitos da sorte:

— Nunca sinta vergonha de ser quem você é.

Foi o dia em que recebi a maior lição da minha vida.

NOVE

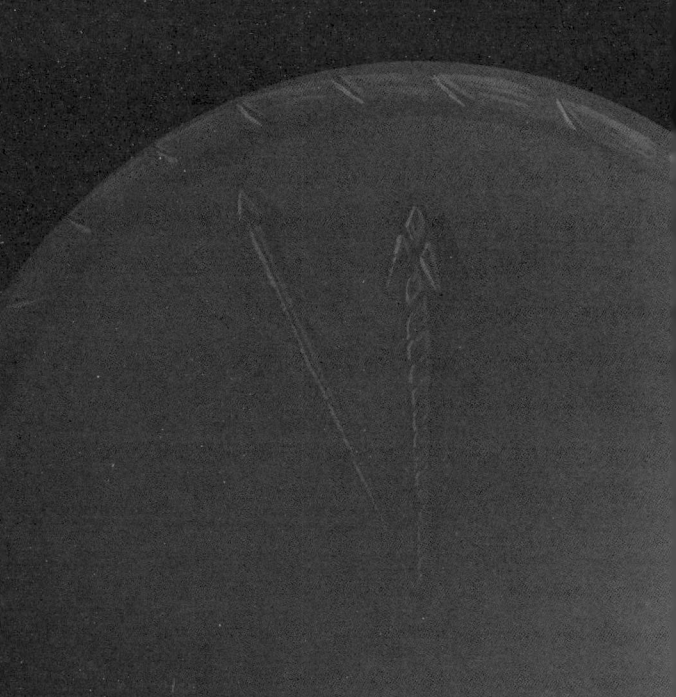

**A ESCOLA REUNIU TODOS OS ALUNOS DOS TRÊS TER-** ceiros anos no teatro para uma apresentação da empresa contratada para organizar a nossa viagem de formatura. O local escolhido foi Cancún, no México. Amo o brasão que fica no centro da bandeira mexicana: uma águia em cima de um cacto com uma serpente viva no bico. A serpente luta para não morrer. É o símbolo da independência do país. Aprendi no meu livro sobre bandeiras.

    O dono da agência de viagens apresentou um vídeo espetacular com lindas paisagens do lugar. Praias, hotéis com comida e bebida liberada, mergulhos, passeios e baladas. Parecia que todos estavam se divertindo muito mesmo. Fiquei empolgado com a cor do mar, com as praias, com a chance de poder me aproximar mais dos meus colegas. Devia ser o máximo! A viagem de seis noites aconteceria em outubro, na Semana do Saco Cheio.

Duas moças com camisetas da empresa passaram pelas fileiras distribuindo folhetos com mais informações sobre a viagem: visto de entrada no México, segurança nos hotéis, atrações das baladas (uma por noite!), atendimento médico. Os valores do pacote também estavam ali e caí na real quando vi aquele monte de zeros enfileirados.

— Essa viagem vai ser incrível! Baladas todas as noites, já imaginou?

— Não vejo a hora de passar uma semana longe dos chatos dos meus pais. Eles ficam pegando no meu pé o tempo todo.

Esses eram Leonardo e Plínio, que estavam sentados ao meu lado.

— Também está animado? — Plínio me perguntou.

Sabia que era impossível para mim, mas não foi isso que verbalizei na hora.

— Super! — respondi. — Perto de Cancún há pirâmides da civilização maia.

Leonardo debochou da minha cara:

— Pirâmides? O que nós queremos em Cancún é ficar com as meninas. Pode ficar com os faraós para você...

— Faraós são do Antigo Egito, não do México... —

tentei corrigir, mas eles já tinham parado de prestar atenção em mim.

A coordenadora da escola pediu que entregássemos o material para nossos pais. Quando entrei em casa, senti o cheiro de carne assada que eu gosto tanto. Lavei as mãos antes de deixar o folheto em cima da mesa, sem falar nada. Minha mãe viu o material quando estava colocando os pratos e os talheres. Assustou-se com o valor, óbvio, mas perguntou o que eu tinha achado.

– Não fiquei com a menor vontade, mãe – respondi. – Não vi a menor graça.

– Tem certeza, filho? Pode ser importante para você... Posso pedir dinheiro emprestado.

Eu disse um "de jeito nenhum" que encerrou o assunto. O galo-da-campina cantou assim que o jantar foi servido. Na hora da sobremesa, enquanto ela me servia o seu incrível doce de abóbora com coco, prometi que trabalharia bastante e juntaria dinheiro para viajarmos juntos. E não seria para Cancún. Iríamos para Paris, o grande sonho dela. Também prometi a ela que eu compraria um apartamento de dois quartos para nós num bairro bem bacana. Ela segurou as minhas mãos e disse que eu era o melhor filho do mundo. Do mundo, eu não sei. Mas, dela, com certeza.

Foi o dia em que mais me senti fazendo bem para a mamãe em toda a minha vida.

# DEZ

**AS TROCAS DE MENSAGENS COM CARMEN COMEÇA-** ram a se tornar corriqueiras. Nossas conversas demoravam uma eternidade e eram sempre muito divertidas. Perdíamos a noção do tempo. Passei a ficar mais tempo em casa ou em lugares com wi-fi. Meu pacote de dados começou a terminar cada vez mais cedo no mês. Algumas vezes, ela me chamava para conversar de madrugada. Estávamos com insônia e ficávamos fazendo companhia um para o outro. Falei até do nosso relógio de pássaros, e Carmen ficou morrendo de curiosidade de conhecê-lo. Fiz uma foto e mandei.

"Quero um desses!", escreveu, um tanto debochada.

Prometi que iria procurar um daquele para ela. O engraçado é que tinha tanta coisa que eu queria saber da vida dela. Mas ia descobrindo aos poucos. Ela me contou que o pai, amante de óperas, escolheu o nome Carmen por causa da obra de um compositor chamado Bizet. Que nome mais engraçado. A irmã, três anos mais nova, também tinha nome de ópera: Aida. Carmen deu uma deliciosa risada quando não entendi o nome do autor. Disse "Verde", mas era "Verdi". Procurei alguns vídeos da ópera *Carmen* no YouTube e achei aquilo um tipo de teatro muito engraçado. Ninguém falava, só cantava. Três horas de cantoria. Não entendi bulhufas, mas guardei esse comentário para mim.

Embora estivéssemos em contato o tempo todo, Carmen não tocava no nome de Chen, e eu fazia o mesmo. Era como se vivêssemos em outra dimensão, como se mais ninguém existisse, apenas nós dois.

Certo dia, Carmen me perguntou se eu poderia encontrá-la na saída do conservatório. Ela disse que queria comprar lápis, canetas e papel para começar as aulas de desenho. Combinamos o encontro às quatro da tarde. Estava tão ansioso que cheguei quase vinte minutos antes. Minha bicicleta parecia flutuar no caminho como a do E.T. Estava nervoso porque era a primeira vez que iria me encontrar com Carmen. Vou ser sincero. Estava nervoso porque seria a primeira vez que iria me encontrar com uma garota. Sei que pode parecer ridículo, porque só estávamos indo comprar material de desenho numa papelaria, e ainda com o agravante de que ela era namorada do meu melhor amigo. Será que ele me seguiu até ali? Olhei para os lados para me certificar que não. Encontrei um lugar na frente da escola de música para deixar a minha *bike* presa. Iríamos andando até a papelaria e eu voltaria para buscá-la.

Carmen saiu do conservatório, absurdamente bonita, no horário marcado. Desceu as escadas e já foi agradecendo a minha disposição em acompanhá-la. Apontou a direção que deveríamos seguir. Perguntei do violino, e ela me disse que estava guardado na secretaria da escola, que ela pegaria na volta. Emendei alguns assuntos bobos sobre o instrumento, para quebrar o gelo. Por exemplo: ela sentia dor no pescoço tocando naquela posição esquisita? Carmen respondeu com a maior seriedade que não. Empolgada, ela me explicou que o arco do violino era feito de madeira e fios de crina de cavalo, ou até mesmo com outros materiais, como náilon. Que o mesmo arco também é usado em outros instrumentos, como a viola, o violoncelo e o contrabaixo. Contou que a professora dela, chamada Orihime, tocou na Orquestra Sinfônica Jovem de Tóquio antes de imigrar para o

Brasil com o marido cinco anos antes. Mas que já se virava bem no português.

No caminho, faltando duas quadras para chegarmos à papelaria, passamos por um beco cheio de grafites, e Carmen perguntou se poderíamos sentar "um minuto" para descansar. Concordei. Sentamos bem perto um do outro. Carmen olhou para mim e disse:

– Me beija!

Ela nem esperou a minha resposta. Minha boca, assustada, se contraiu no princípio, mas logo relaxou. Quando dei conta, minha língua estava dentro da boca dela e a dela, dentro da minha. Uma sensação estranha e deliciosa. A energia que tomou conta de mim nos minutos seguintes nunca vai sair da minha memória.

Foi o beijo mais gostoso (e pouco importa que tenha sido o primeiro) de toda a minha vida.

# ONZE

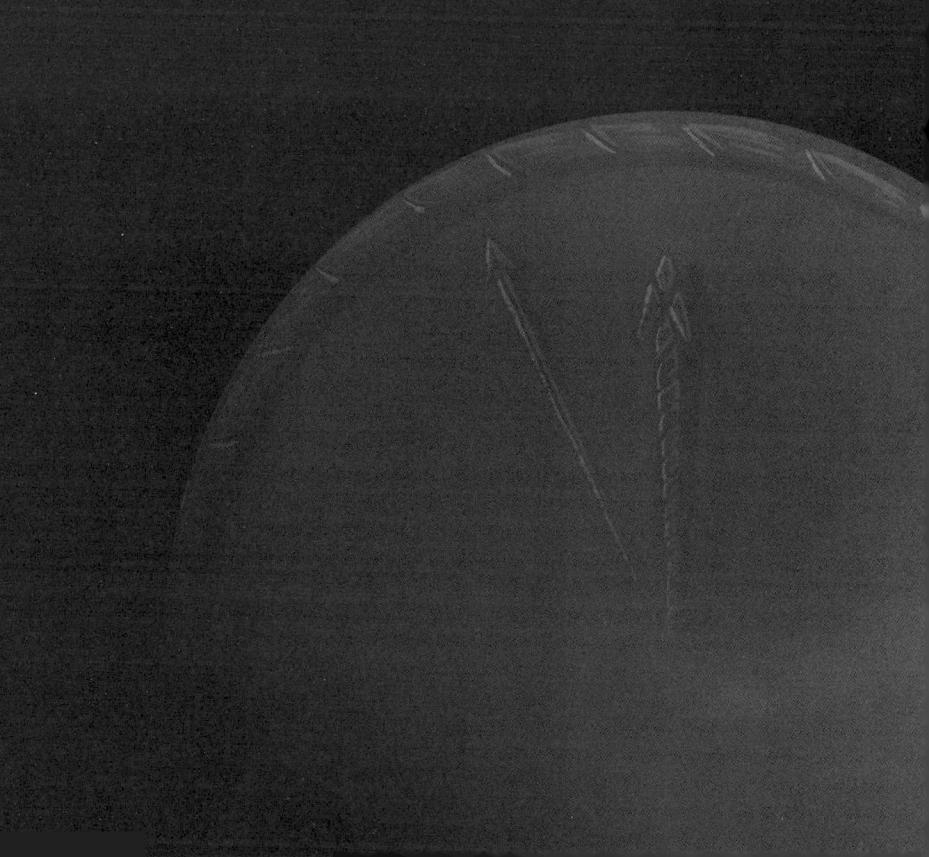

**QUANDO ENTREI EM CASA, AINDA EM ÊXTASE, NEM** percebi que passei direto por minha mãe, que estava preparando o jantar.

– Ei, ei, mocinho... Onde pensa que vai sem dar um beijo na sua mãe?

Dei meia-volta e a abracei. Estava com vontade de rodopiar com ela pela cozinha, mas minha mãe não entenderia de onde vinha aquela inesperada alegria. Então, fiquei na minha.

– Primeiro você lava bem as mãos e depois coloca a mesa para nós. O jantar sai daqui a cinco minutos.

– E volta quando? – perguntei.

– Quem? – ela ficou confusa.

– O jantar... Você não disse que ele vai sair em cinco minutos? Quero saber a hora em que ele volta.

Eu estava assim: rindo de orelha a orelha. Cumpri as ordens e deixei o celular em cima da mesa, estrategicamente colocado ao lado do meu prato. Minha mãe proibia que eu ficasse mexendo no aparelho durante as refeições. Mas eu disse que estava de olho em uma mensagem importante de nosso grupo de geografia. Coloquei pouca sopa no prato, o que minha mãe achou estranho. Depois, sem apetite, fiquei rodando com a colher em movimentos espirais.

Meu pensamento estava longe. Minha mãe começou a contar como tinha sido o dia dela, como sempre fazia. Mas o "Me beija!" de Carmen era o que ainda estava dentro da minha cabeça. Tive vontade de sair correndo e comprar chumaços de algodão para colocar nos ouvidos. Dormiria com eles para aquelas palavras nunca escaparem da minha mente. Será que ela sacou que eu não tinha a menor experiência em beijar? Será que isso era bom ou ruim? Nossos dentes se trombaram algumas vezes. A minha língua estava compreensivelmente acanhada. Mas nós – os meninos – jamais admitimos que somos BV. Era a senha para ser zoado o resto do ano. A maioria inventa histórias com primas, com meninas que conheceram nas férias ou com desconhecidas em baladas. Quem não mente vira o trouxa da classe. Quando me perguntaram, eu disse que havia beijado duas meninas da antiga escola. Você só precisa inventar os nomes.

Ninguém irá checar. Não sei se as meninas fazem a mesma coisa entre elas. Nunca perguntei isso a uma delas. Nem teria como. Raramente uma menina conversa comigo.

Por essa total falta de prática, não sabia o que escrever para Carmen. Será que tinha sido bom para ela também ou será que tinha se decepcionado? Meu beijo era melhor ou pior do que o do Chen? Deveria ser bem pior, pois, pelo que me contava, Chen já tinha beijado várias vezes. Inclusive, a própria Carmen. Saco! Por que tive que me lembrar disso?

Sem esperança de ter notícia de Carmen naquela noite, fui tomar banho. Acordei minha mãe, que cochilava na sala, com a TV ligada num programa muito bizarro. Ela falava mal, mas não perdia um. Perguntou se eu precisava pegar alguma coisa (nós dividíamos o guarda-roupa do seu quarto). Respondi que não. Ela me deu um boa-noite sonolento e foi para a cama. Coloquei, então, os lençóis e peguei o travesseiro que ficava dentro do baú do meu sofá-cama. Pus o celular para recarregar e dei uma última espiada no WhatsApp. A tão aguardada mensagem de Carmen estava lá. Ela me mandou apenas o link para uma música chamada *Lábios de mel*.

    Foi a música que mais escutei em tão curto espaço de tempo em toda a minha vida.

# DOZE

**O PESSOAL DA MINHA CLASSE ADORAVA ORGANIZAR FES-**tas de aniversário. Como era nosso último ano juntos, elas se tornaram cada vez mais frequentes. Eu ficava sempre muito feliz quando era convidado. É muito chato quando você percebe que os populares foram chamados para uma balada – e eles sempre são! – e aquela meia dúzia de nerds e tímidos são excluídos. Alguém acaba publicando alguma coisa nas redes sociais, e a gente fica sabendo. A Ana Cláudia não deixou ninguém de fora, e achei isso muito bacana da parte dela. Mas não vou mentir: quando os convites chegam, fico preocupado se aqueles colegas que gostam de mim estarão lá também. É muito ruim não ter com quem conversar. Outra coisa que me deixa ansioso é a roupa. Tenho poucas peças novas e sempre temo que alguém vá alardear isso no meio da comemoração. Tipo: "Outra vez essa calça? Ela já está vindo sozinha nas festas, né?". Aí eu já me imagino enterrando o rosto na terra, de vergonha, como um avestruz.

A festa foi no salão social do prédio dela. Um edifício bacanudo, com uma piscina bem grande, uma quadra, um playground e uma sala de jogos. Ficamos na área da churrasqueira, toda enfeitada com balões metálicos e o número dezessete, a idade que a Ana Cláudia estava completando. O bolo era enorme, e a mesa estava repleta de docinhos coloridos. Chen chegou com Carmen e senti uma leve tremedeira nas pernas. Não me liguei que eles iriam juntos. Ela me cumprimentou de forma protocolar, com um beijo no rosto. Fiquei um tanto confuso com a situação, mas procurei conversar o mais naturalmente possível com os dois. Lá pelo meio da festa, Chen disse alguma coisa no ouvido dela, e os dois saíram de onde todos estávamos e foram sozinhos em direção a um jardim, bem escuro àquela altura. Alguém sabe como dói um soco no estômago? Eu sei.

Quando me dei conta, eu estava num grupinho que falava sobre a viagem a Cancún. Disfarcei e dei um jeito de sair. Acabei indo parar num grupo pior. Henrique chegou com uma mochila e checou se os pais de Ana Cláudia estavam a uma distância segura. Tirou garrafinhas de vodca com limão e começou a oferecer para todos ali. Se eu queria ser aceito pelo grupo, teria que fazer como eles. Peguei uma garrafa e, no gargalo mesmo, provei a bebida. Era horrível.

– Não é bom isso? – riu Henrique. – Pode tomar. É fraquinho. É praticamente uma limonada.

Todos começaram a me pilhar, e eu tomei quase a garrafinha inteira. Fiquei zonzo na hora. Zonzo a ponto de me desequilibrar e cair. Meus amigos começaram a rir.

– Quer outra? – ofereceu Henrique.

– Para com isso! – ordenou Paola Ribeiro. – Ele já está tontinho. Quer matá-lo?

Comecei a sentir o estômago embrulhado e fiquei com ânsia de vômito. Não queria que Carmen voltasse e me visse assim. Fui para o banheiro e vomitei tudo a que tinha direito. Um vômito com gosto azedo, sujando tudo em volta do vaso sanitário. Lavei a boca e, envergonhado, me despedi da aniversariante para ir embora. Não comi o bolo nem os docinhos. Nem sei se conseguiria. Minha cabeça continuava girando. Ainda bem que minha mãe me deu dinheiro para eu voltar de carro. Foi a minha salvação.

Foi o dia em que mais senti onde ficam as tripas da gente em toda a minha vida.

# TREZE

**ERA IMPOSSÍVEL PENSAR NO BEIJO DE CARMEN E NÃO** me lembrar de Chen. O que eu estava fazendo? Beijei a namorada do meu melhor amigo. E agora? Que castigo eu merecia?

Ficava lembrando das primeiras conversas com Chen quando entrei na Sophos. Ele foi o primeiro a me acolher no meio de tantos olhares desconfiados. No intervalo, Chen me contava os apuros que tinha passado nas primeiras semanas na nova escola, anos antes. Zoavam muito com o seu nome. Diziam que ele era "*chen* vergonha" ou perguntavam se ele tinha uma "nota de *chen*" para emprestar. Pediam o lápis cor "de pele" emprestado e pegavam o amarelo, dando risada. Falavam que tudo o que ele trazia era falsificado. Chegaram a apelidá-lo de Made In. Ele me contou que só passou a ser respeitado durante a Olimpíada da escola. Nela, ele ganhou três medalhas de ouro para a classe, que terminou em primeiro lugar naquele ano. Chen é um atleta nato. Ganhou em salto em distância, caratê e tênis de mesa. Virou ídolo da turma. Agora ele tentava me proteger. Até porque eu sou uma negação em esportes.

O que eu faço em retribuição? Beijo a namorada dele, minto para ele. Não, isso não está certo. Quantas vezes rimos juntos, estudamos juntos, zoamos juntos! Eu me sentia mesmo como um irmão dele. Nadávamos juntos na piscina da casa (já tinha até uma toalha reservada para mim lá), varávamos a madrugada jogando videogame, era sempre convidado para os almoços. Passei a adorar um bolinho assado com recheio de gema de ovos e açúcar. Difícil era decorar os nomes. Por tudo isso e muito mais, uma culpa imensa recaía sobre meus ombros. Por que beijei a namorada de Chen se existem tantas garotas no mundo? Só na minha classe são dezoito. Pelo que sei doze delas não têm namorado. Se bem que nenhuma nunca se interessou por mim.

Só sei que teria que parar com aquilo. Mas parar como? Minha cabeça estava em parafuso. Estou falando de paixão de verdade. Como sei que é paixão de verdade? Eu explico. Primeiro a gente começa perdendo o apetite. Depois fica rindo sozinho à toa. A próxima etapa é a da insônia. Aí passa a ter um pensamento único. Ela era o meu primeiro pensamento ao acordar. Pensava nela quando estava passando margarina no pão, escovando os dentes, sacolejando no busão, fazendo exercícios de biologia. Em resumo: o tempo todo. Paixão é quando você quer contar primeiro para aquela pessoa tudo o que acontece. Mesmo que não tenha acontecido nada.

Ainda que os dois terminassem, como eu daria essa notícia ao meu melhor amigo? "Olha, Chen, ela deixou você por minha causa. Mas não fique bravo com a gente. São coisas do coração. Convidaremos você para ser nosso padrinho de casamento." Será que isso fará com que ele me perdoe? Acho que só acreditamos nessa história de "paixão avassaladora" e "amor à primeira vista" quando acontece com a gente, não com os outros.

A razão dizia que era preciso conversar com Carmen e terminar com aquela loucura toda. Para dizer a verdade, às vezes, eu não conseguia pensar como seria a gente juntos. Parecia decidido a colocar um ponto-final naquilo. Mas, para dizer a verdade também, era só receber uma mensagem dela para o coração acelerar e eu deixar toda a minha determinação para trás. Ela me escreveu como se aquela festa da Ana Cláudia não tivesse existido, como se não tivéssemos nos encontrado lá. E tudo ficava como estava. Meu coração estava goleando a razão por 7 X 1. Será que é assim com todo mundo? Não tinha para quem perguntar.

    Foi o dia em que mais lutei contra os meus sentimentos em toda a minha vida.

# CATORZE

**HENRIQUE E PATRICK ESTAVAM FALANDO DE ALGUMA** garota da turma. Percebi pelos gestos que faziam. Ficaram irritados com a minha aproximação. Não queria assunto, mas eles estavam em frente ao bebedouro e eu precisava encher a minha garrafa.

— Seu pai está preso também? — a risadinha de Patrick no final da pergunta me irritou profundamente.

— Não, não está — não olhei para ele. — Meu pai é tão trabalhador quanto o seu.

— Deve ser mesmo... — Henrique me impediu de chegar ao bebedouro. — O pai do Patrick não recebe auxílio do governo, tá ligado?

— O que há de errado em receber Bolsa Família? — o meu sangue começou a ferver. — É um programa social que tenta dar dignidade a famílias necessitadas. Que ótimo que a família de vocês não precisa. Vocês são privilegiados, estão no topo da pirâmide.

— Só vagabundo recebe ajuda do governo, tá ligado?

– Onde você leu isso? – o sangue subiu até meus olhos, juro. – No grupo de WhatsApp da sua família?

Como uma boca só era capaz de disparar tantas imbecilidades? Como alguém que estava se preparando para ingressar numa faculdade no ano seguinte poderia continuar disseminando tantos preconceitos e equívocos? O melhor a fazer era não esticar essa discussão. Não queria e não podia arrumar confusão. Melhor deixar a água para mais tarde. Virei as costas para voltar ao pátio.

– O cara não estuda nada e ainda é beneficiado pelas cotas na hora de entrar na faculdade – Patrick continuou falando. – Nós temos que estudar dobrado. Esse país é muito injusto...

– Muito injusto mesmo! – Henrique fez coro.

– Pela primeira vez, serei obrigado a concordar com vocês: esse país é mesmo injusto. Vocês nem imaginam o quanto!

O perigo maior não está apenas naquilo que você fala, mas naquilo que você pensa. Acho que foi meu tio que um dia soltou essa. Só não sei se era criação sua ou se ela tinha vindo dentro de um dos biscoitos da sorte. Como fazer dois reizinhos entenderem que cota não é esmola? A vontade de lutar contra todos os tipos de injustiça só aumentava em mim.

* * *

Carmen e eu estávamos nos encontrando com uma frequência cada vez maior. Ela ia todos os dias ao conservatório – e eu também. Sempre nos víamos na saída. Para não dar bandeira, ela pedia que eu a esperasse num mercadinho que ficava a uma quadra e meia dali.

Naquela tarde, Carmen me contou que conseguiu dois ingressos para uma sessão de cinema. Ela disse que gostaria muito de ir comigo, explicou que o filme era um musical que estava concorrendo ao Oscar, e lá fomos nós. Enquanto esperávamos as luzes da sala se apagarem, contei da minha discussão com Henrique e Patrick, e ela disse que eu fiz muito bem de ter reagido.

– "Eu sei quem trama e quem tá comigo", não é o que diz a música dos Racionais? – Carmen me surpreendeu.

– É isso mesmo! – sorri. – É a música *Negro drama*. Você tem escutado mesmo os Racionais?

— Estou, claro. Escuto o tempo todo. Já sou fã de carteirinha do Mano Brown. Outro dia, até aconteceu algo engraçado. Esqueci de colocar os fones de ouvido e comecei a ouvir *Diário de um detento* no volume máximo. Acredita que o meu pai entrou fuzilando no quarto para saber o que era aquilo?

Aí eu gelei.

— O que ele falou?

— "Que música é essa, Carmen? Desde quando você ouve essas coisas?" e outras bobagens assim...

— E aí? O que você respondeu?

— Disse que tenho um gosto eclético e que escuto de tudo. Aí coloquei os fones e ele saiu do quarto, bufando.

— Você não disse nada sobre mim, né? — não tive como evitar essa pergunta.

— Não, absolutamente nada — ela fez cara séria.

— Não queria passar por uma investigação.

— Você acha que o seu pai gostaria de mim?

— Que pergunta mais fora de propósito. Claro que sim. Você é um doce de pessoa...

— E se ele soubesse que eu moro na periferia em que rola tudo isso que os Racionais cantam?

Carmen não teve tempo de responder, e nem sei se daria uma resposta sincera ou se diria algo apenas para me agradar. O que o pai dela faria se soubesse que Carmen estava saindo com um rapaz da periferia, como aqueles da canção? Cortaria a mesada? Confiscaria o celular por um ano? Trancaria a filha em casa? Não se deve fazer uma pergunta caso se tenha medo da resposta. A sala ficou escura e começaram a exibir os trailers. Ela me abraçou e não demorou para os beijos saírem um depois do outro. Ficamos grudados a sessão inteira.

Foi o melhor filme que vi (parcialmente, é verdade) em toda a minha vida.

# QUINZE

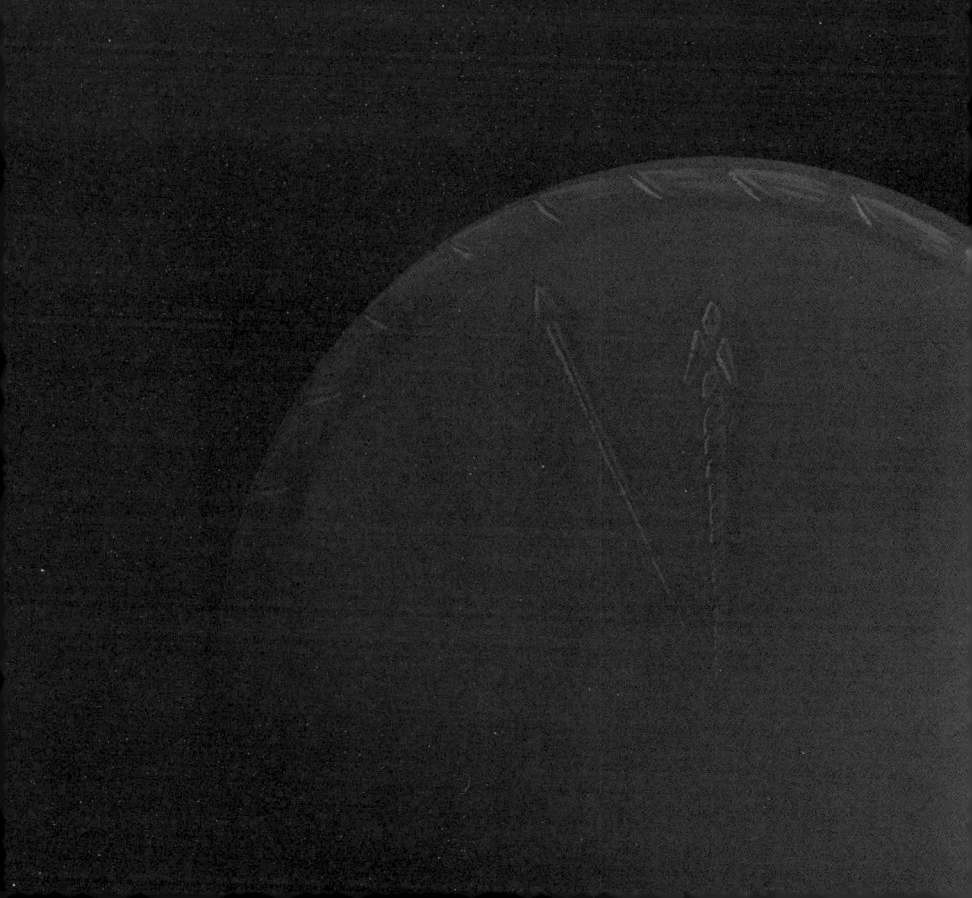

**HAVIA BARULHO POR TODA PARTE. ERA AQUELE SOM CA**-racterístico da espera do Ano-Novo. Alguns apressadinhos acendiam rojões antes da hora. Toda passagem de ano vai me fazer lembrar do Chen. Ele dizia que comemorava a virada de ano duas vezes, e achávamos isso o máximo. Primeiro, festejava de 31 de dezembro para 1º de janeiro, como todos nós. Mas o Ano-Novo Chinês obedecia a um calendário diferente. Chen explicou que o Ano-Novo Chinês é comemorado no dia do surgimento da primeira lua nova do ano. Bom, eu tenho a maior dificuldade em diferenciar as luas nova e cheia. Quarto minguante e quarto crescente são mais fáceis. No período quarto minguante, as pontinhas dela estão viradas para baixo e no quarto crescente, para cima. Foi assim que me ensinaram na escola. O calendário chinês é dividido em ciclos de doze anos, que recebem nomes de animais. O rato é o primeiro animal do zodíaco chinês e o porco, o último. De onde veio essa tradição dos animais? O pai do Chen nos contou isso durante um jantar. O mestre religioso Buda convocou os animais para uma reunião, mas apenas doze atenderam ao seu pedido. Como forma de honrá-los, esses animais foram transformados em símbolos da astrologia chinesa e cada ser passou a representar um ano. Chen contou que havia nascido no ano do cão. Como nascemos no mesmo ano, só com um mês de diferença, eu também era cão no horóscopo chinês. Por falar nisso, na casa ao lado, ouvi dona Matilde e seu Malaquias amaldiçoando os soltadores de fogos, preocupados com seus quatro cachorros, que enlouqueciam naquela data.

Na casa à direita, os filhos de dona Adelaide começaram a ouvir uma música que de repente me fez pensar em Carmen. Não era difícil ouvir uma música que me fazia lembrar dela. Parecia que não havia um só dia em que música não fosse tema de nossas trocas de mensagens. Música fazia parte da vida dela e passou a fazer parte da minha também. Uma vez, ela soltou uma boa: "Tudo o que havia para ser dito já foi dito pelos letristas de músicas". Eu não costumava discordar de Carmen, mas daquela vez não teve jeito. Se fosse assim, ninguém mais escreveria novas músicas, ponderei. Carmen disse que os compositores de hoje atualizam o que já foi dito no passado. Como ela entendia mais de música do que eu, achei melhor não avançar na discussão.

Foi aí que Carmen propôs um jogo, em agradecimento por eu ter apresentado o rap e o hip-hop para ela. Seria uma maneira de eu conhecer também novas músicas, compositores e cantores. Por um mês, nós iríamos nos comunicar apenas por músicas. Como assim?!? As letras deveriam dizer o que estávamos sentindo naquele dia. Ela me enviaria músicas para falar dela e eu faria o mesmo. Que maluquice! Nem sabia se eu teria repertório suficiente para uma semana, imagine para um mês. Ela mandou eu pesquisar, se fosse necessário. Claro que aceitei o desafio, desde que Carmen fizesse a primeira jogada.

* * *

Ela começou com uma música de Roberto Carlos. Achei graça:

*Como vai você? Eu preciso saber da sua vida (...)*

Assim começamos a trocar músicas que davam pistas de nossos sentimentos:

*De repente fico rindo à toa sem saber por quê (...)*

*E fico contente só em ver ela passar (...)*

*Tão pra inventar um mar grande o bastante/ Que me assuste e que eu desista de você (...)*

*Chega perto e diz: "Anjo" (...)*

*Ela é primavera/ Das flores, a mais bela (...)*

*Um girassol da cor de seu cabelo (...)*

*Que frio que me dá o encontro desse olhar (...)*

*Roubo o teu sono/ Quero o teu tudo (...)*

Nunca ouvi tanta música na minha vida. Ficava analisando as letras românticas, pesquisava composições de cantores e cantoras antigos e modernos, anotava as minhas descobertas nas folhas em branco que tinham sobrado do caderno de ciências do ano passado. Foi desse jeito que aprendi quem eram Os Beatles, Elvis Presley, Elis Regina, Tim Maia,

Marisa Monte, Luiz Melodia, Madonna, Tom Jobim e mais um monte de gente. Escrevia tanto que, num sábado à tarde, minha mãe me surpreendeu com uma tigela de pipoca quentinha.

— Parabéns, um mimo para quem está tão compenetrado nos estudos.

Pelo menos, em matéria de músicas, eu estava mesmo ficando craque. Abrindo meu leque. O Enem estava logo ali, e eu, dividido. Não devia ser assim, mas a paixão rouba o tempo, não tem jeito. Dedicava boas horas às músicas. Em determinado momento, Carmen passou a mandar links de canções em inglês. Só que o meu inglês era basicão. Tive que começar a estudar mais por conta própria, o que foi ótimo para mim. O Google Tradutor também me ajudou bastante. Não demorou e eu também comecei a enviar músicas em inglês para Carmen (aqui já devidamente traduzidas):

*Não consigo tirar meus olhos de você (...)*

*Mas a lua cheia está se erguendo/ Vamos dançar na luz (...)*

*Uma felicidade de conto de fadas (...)*

Havia dias em que não parávamos de mandar músicas. Tinha medo que meu estoque acabasse. Que bobagem! Parecia que todas as canções do mundo só falavam de amor. Só sei que a temperatura das letras também ia aumentando a paixão.

*Me ganhou/ Vai ter que me levar (...)*

*Paixão assim não acontece todo dia (...)*

*Beija minha boca/ Até me matar (...)*

*Ouvi dizer que quando arrepia já era (...)*

Até que, numa noite de sexta-feira, veio o link mais explosivo de todos. A canção mais maravilhosa de todas. Pelo menos a mais esperada de todas.

*Eu te amo você/ Já não dá pra esconder essa paixão (...)*

Foi o dia em que mais bombei nas paradas de sucesso de toda a minha vida.

# DEZESSEIS

**MINHA MÃE TINHA UMA ENCOMENDA IMPORTANTE DE** cocadas para entregar naquela tarde, mas não conseguiria sair cedo da escola. Por isso, pediu a minha ajuda. As cocadas deveriam ser entregues numa travessa da rua Augusta. Eu já havia ido lá outras duas vezes e conhecia bem o caminho. A Augusta tem lojas bem descoladas. Passei em frente a uma loja de camisetas e vi na vitrine uma que me fez recuar dois passos. Estava estampado: "Sem a música, a vida seria um erro – Nietzsche". Depois, pesquisando na Wikipédia, eu descobriria que esse cara com nome difícil de pronunciar era um filósofo alemão, que também gostava de compor, mas as canções dele não foram tão importantes quanto os escritos. Fiquei imaginando como Carmen ficaria ainda mais linda com aquela camiseta. Perguntei o preço por perguntar, pois não tinha dinheiro para comprá-la. Segui com a minha entrega, que foi realizada com sucesso.

No caminho de volta, passei de novo pela loja e admirei mais uma vez a camiseta. Só que agora eu estava com o dinheiro das cocadas no bolso. Podia comprá-la e dizer em casa que eu havia sido assaltado. Era um presente perfeito para Carmen. Tentaria compensar a minha mãe de algum outro jeito depois. Não, não e não. Essa alternativa estava descartada. E se eu pedisse o dinheiro para ela e voltasse para comprá-la? Estava a fim de correr o risco de o estoque do tamanho P simplesmente acabar? Sem exagero, fiquei dez minutos plantado na frente da loja, tentando decidir o que fazer. No fim das contas, fui embora sem o presente. Triste, é verdade, mas de bem com a minha consciência.

Que droga de vida, isso sim. Pensamentos começaram a bombardear a minha cabeça no caminho de volta... "Não posso viajar com a minha turma na festa de formatura. Tenho que dormir no sofá da sala porque não tenho um quarto para mim. Não tenho nem guarda-roupa. Visto roupas usadas dos meus primos. Meus créditos de celular sempre acabam na metade do mês. Tenho vergonha de convidar Carmen para conhecer a minha casa no Capão Redondo (até porque ela nunca saiu do seu quadrado). Não tenho dinheiro para comprar uma camiseta de presente."

Foi o dia em que mais me senti revoltado por ser pobre em toda a minha vida.

# DEZESSETE

**CHEN PERCEBEU QUE EU ANDAVA MEIO MACAMBÚZIO** nos dias seguintes. Ficava perguntando o tempo todo: "Tudo bem?". E eu respondia monossilabicamente apenas: "Tudo!". Ele me convidou para jogar na sua casa no sábado, e eu disse que não podia. Foi aí que o meu amigo teve a certeza de que nem tudo estava bem.

– Aconteceu alguma coisa com a sua mãe? – me encostou na parede. – Ou algo entre vocês dois? Estou te achando muito esquisito.

Contei para ele o motivo da minha revolta. Só pulei a parte da camiseta, que foi o que deu origem a tudo. Expliquei que andava sufocado na escola por causa da minha situação social e financeira. Que havia um abismo muito grande entre mim e o restante da nossa turma.

– Acho que vou desistir da carreira de professor e tentar algo na política, o que você acha? – quis saber a opinião dele.

— Políticos não prestam! — decretou. — São todos ladrões.

— Não é assim, Chen. Lembra o que o professor Carlos Alberto nos disse sobre isso? Se pensarmos desse jeito, seremos sempre governados pelos piores alunos da escola.

* * *

Henrique tinha a fama de ser o aluno mais indisciplinado de toda a escola. Não tirava notas ruins, mas estava sempre conversando com a coordenadora. Seus pais viviam na direção. Nos dois primeiros anos, Chen e eu tivemos a sorte de não cair na mesma classe que ele. Conhecíamos a fama dele pelas conversas durante o intervalo. Uma vez, contam, ele conseguiu tirar o professor de ensino religioso do sério, veja só a que ponto chegou. Agora tenho certeza de que ninguém exagerou em seus relatos. Henrique tumultuava as aulas, ficava dando apelidos a todo mundo, desrespeitava funcionários. "Você está com febre amarela?", debochou Henrique ao cruzar com Chen no pátio. Chen era um amor de pessoa, mas tinha pavio curto quando era provocado. Deu um empurrão em Henrique, que desabou no chão. Ainda bem que nenhum inspetor viu a cena. Quem estava em volta (eu era um deles) achou graça de Henrique batendo a bunda no piso gelado.

— Desculpe aí, foi *mals*, Bruce Lee! — mesmo nocauteado, Henrique continuava provocando Chen.

— Cala a boca, Henrique! Vai cuidar da sua vida e me deixa em paz.

— Combinado! Vamos fazer as pazes, então? Amanhã eu trago alguns escorpiões e bichos-da-seda para você comer no recreio.

Henrique atormentava a vida de Chen. Tratava os costumes e as tradições da China com gracinhas preconceituosas e piadas desrespeitosas. Sempre longe dos professores, da coordenação, da diretoria. Ataques covardes. Ele ria do tipo físico dos pais de Chen, dizia que os imigrantes saíam de seus países por serem fracassados e vinham roubar os empregos dos brasileiros. Ridicularizava também o sotaque nordestino de alguns funcionários. Sério: onde ele via diferença entre as pessoas? Todos ficamos doentes, sentimos medo, alegria, fome e morremos um dia. Tudo do mesmo jeito.

Chen preparou o pé para dar uma solada em Henrique, ainda sentado no chão. Martín e eu achamos por bem separá-los antes que a coisa ficasse mais séria. Mas, no fundo, gostei de como meu amigo tinha enquadrado o folgadão.

Foi o dia em que mais me senti representado em toda a minha vida.

# DEZOITO

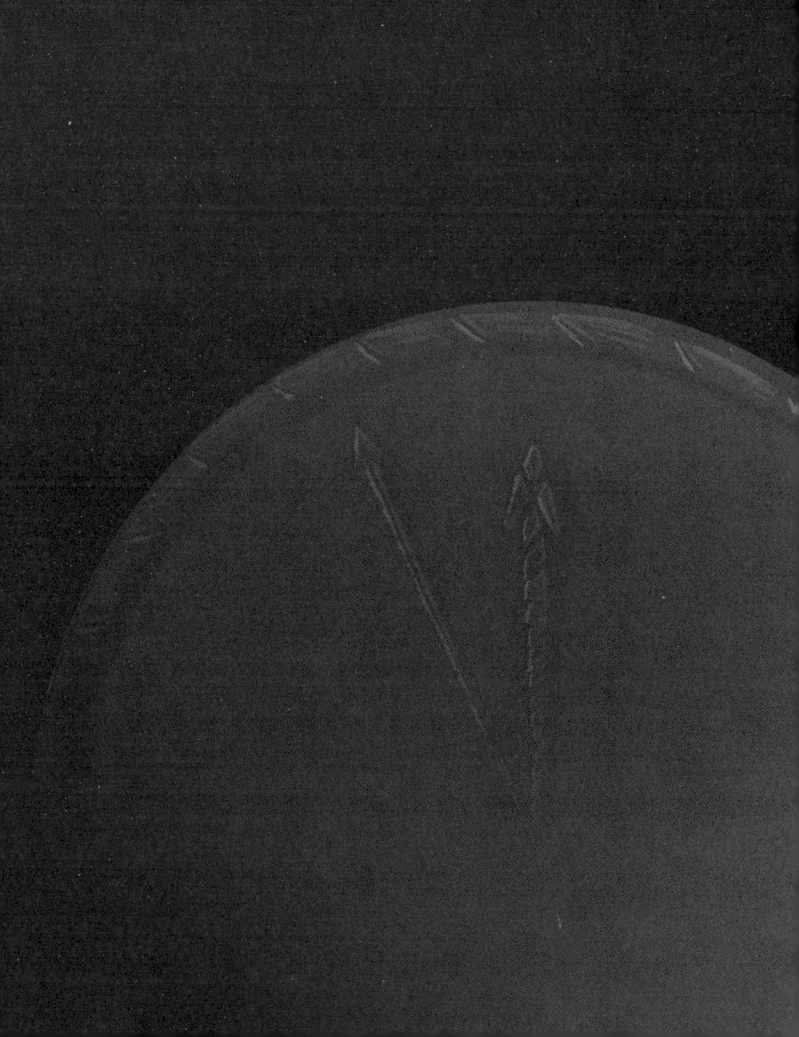

**A ESSA ALTURA DO CAMPEONATO, A MINHA CABEÇA ESTA-**va uma bagunça só. Nunca tive mais de um assunto para resolver por vez. A história de conseguir um trabalho dali a alguns meses começou a incomodar meus pensamentos. Não via qualquer um dos meus colegas de classe com essa preocupação. Mas a minha vida era diferente. Quando terminávamos de pagar as prestações do material escolar de um ano, a escola já estava enviando a lista do ano seguinte. Minha mãe sempre segurou as pontas. Ela disse que preferia fazer alguns sacrifícios para que eu tivesse tempo de estudar. O que ela recebia de pensão do meu pai era muito pouco, resmungava. Eu procurava corresponder ao máximo. Esforço nunca faltou. Meu único luxo é o celular, que estava em oferta na Black Friday do ano passado. Tenho algumas roupas de marca, que geralmente são meus presentes de aniversário e Natal. Também compramos uma *smart* TV de quarenta polegadas, que pegou quase toda a parede da sala. Estava na promoção de abertura de uma loja aqui do bairro. O nosso computador é bem velho. Tem menos memória que o coitado do meu avô, Juscelino, mas dá para o gasto. Demoramos para ter TV a cabo. Acho até que fomos os últimos aqui do nosso pedaço a assinar.

* * *

Meus dois primos, Marcos e Roberto, filhos da tia Virgínia, começaram a trabalhar também quando se formaram no Ensino Médio. Hoje o Marcos é funcionário de uma empresa de telemarketing. Ele diz que já levou muito desaforo e sofre horrores quando alguém liga para fazer um cancelamento de serviço. O Marcos faz de tudo para convencer o cliente a continuar com a assinatura. Ele tem metas a cumprir. Vive sempre estressado. Já teve até uma crise de depressão séria aos dezenove anos. Ficou quatro meses afastado da empresa, de licença médica. Esse tipo de trabalho não serviria para mim. Tenho vergonha de vender qualquer coisa. (Que tio Valdeci não me escute...)

Roberto, o outro filho da tia Virgínia, é mais destemido. Para pagar a faculdade de educação física, comprou uma moto num financiamento a perder de vista e agora entrega comida por um aplicativo. Diz que o sentimento de liberdade por estar sempre na rua (e de só trabalhar nos horários em que estiver a fim) não tem preço. Quando ouviu isso, numa confraternização familiar, tio Valdeci disse que não era bem assim. Se ele não trabalhasse na hora do almoço e do jantar sempre, o número de entregas seria bem menor.

– A maioria das pessoas tem fome no mesmo horário – disse tio Valdeci, olhando na minha direção. – Isso tem o nome de "rotina".

Tia Virgínia morria de medo que Roberto se machucasse com a moto. Só deu uma acalmada quando viu que o caçula começou a ganhar uma grana legal. Pagava a faculdade e ainda sobrava para comprar roupas e tênis no fim do mês. No aniversário da mãe, Roberto deu uma bolsa dourada linda para ela. Original, fez questão de frisar, comprada em uma loja do shopping. Tia Virgínia bronqueou que ele não devia ter gastado tanto dinheiro assim ("Pra que uma bolsa tão grande? Vou poder levar todas as minhas outras bolsas aqui dentro!"). Mas ela não largou mais a bolsa dourada. Tio Afonso, pai dele, dizia o tempo todo que seria mais prudente guardar algum dinheiro todo mês na caderneta de poupança. Roberto fez isso nos três primeiros meses e depois nunca mais. Alegava que não sobrava nada. Não sobrava nada porque ele gastava tudo. "Tenho mais é que aproveitar a vida", me disse uma vez. Fiquei com vontade de guardar dinheiro para comprar uma moto para mim também, quem sabe. E a camiseta para a Carmen, se o tamanho P ainda estiver à venda.

Um pouquinho antes do Dia das Mães, Roberto passou em casa para deixar um rocambole de doce de leite, especialidade da tia Virgínia. Ele tirou o doce embrulhado em papel-alumínio de uma mochila quadrada que os entregadores de comida usam. Comentei que parecia que ele carregava um micro-ondas nas costas. Roberto achou graça:

– Sabe que não é uma má ideia? – falou. – Posso carregar um micro-ondas nas costas e dar uma esquentadinha na comida antes de entregar para o cliente... Serviço diferenciado é comigo mesmo.

A minha intenção não era fazer piada, mas até que a história do micro-ondas nas costas teve uma certa dose de empreendedorismo. Perguntei se não era desconfortável andar no trânsito com aquilo nas costas.

– Quer experimentar? – ofereceu Roberto.

Achei que ele estivesse brincando, mas não estava. Roberto fechou o zíper da mochila e me entregou:

– Toma! Pega a sua bicicleta e dá uma volta com ela pelo quarteirão. Mas só aqui no quarteirão, viu, mano! Menor de dezoito anos não pode trabalhar no aplicativo, e não quero rolo para o meu lado.

Gostei da ideia. Vesti aquilo, que ficou meio incômodo no começo. Estava me sentindo o corcunda de Notre Dame. Fiquei imaginando a tensão que deveria ser entrar com aquele trambolho em uma loja de copos. Subi na bicicleta e fui dar a volta. Como pedalo muito rápido, eu teria muitos clientes. Claro que a prioridade seria a faculdade, mas não precisaria mais inventar desculpas para não sair com meus amigos por falta de dinheiro. Também teria que ter tempo para escrever para Carmen.

Quando dobrei a avenida dos Jangadeiros, porém, a alegria virou pânico. Vi Marcela, que senta a duas carteiras de mim, e mais uma pessoa vindo na minha direção. Estavam a poucos metros de distância. O que ela estava fazendo aqui no meu bairro? Jamais poderia imaginar que cruzaria com alguém da minha escola ali e naquelas condições. Não queria que ninguém me visse com aquele caixotão nas costas. Ainda mais uma garota. Que constrangedor. Por isso, sei lá o que pensei na hora em que resolvi me fingir de louco e fazer de conta que eu não era eu. Botei força máxima nos pedais para passar ainda mais depressa por ela. Talvez Marcela ficasse atrapalhada, achando que havia confundido a pessoa. Acelerei o máximo que consegui e passei por ela feito um foguete. Assustada, a senhora que estava com ela acabou caindo. Deu para ouvi-la pronunciando meu nome e um sonoro palavrão. Estava muito envergonhado com o que tinha acabado de fazer, mas não queria que ninguém da escola me visse daquele jeito. Só precisava, na verdade, completar o circuito, devolver a mochila e guardar a bicicleta dentro de casa. Por que eu ignorei a Marcela? Talvez tivesse sido mais fácil parar e contar toda a história.

Naquela noite, Marcela me mandou um áudio cheio de desaforos. De cada cinco palavras, seis eram palavrões. Pelo que entendi da história, ela estava acompanhando a avó até a costureira. Uma costureira antiga que a avó frequentava desde os tempos de solteira. A velhinha levou o maior susto com a minha bicicleta, caiu de cara no chão, quebrou os óculos, tomou cinco pontos no nariz e três na testa, rasgou a saia, esfolou o cotovelo. Marcela estava com razão de estar brava comigo, mas não estava com razão de dizer que quebraria a minha cabeça.

Foi o dia em que fiz a maior burrada de toda a minha vida.

# DEZENOVE

**PREFERI NÃO CONTAR NADA SOBRE O EPISÓDIO PARA** Carmen quando conversamos naquela noite. Não estava inspirado nem mesmo para mandar uma música. Onde eu encontraria alguma sobre um louco de bicicleta que atropela a avó da colega de classe? Na verdade, morria de vergonha de muitas outras coisas quando conversava com ela. Não tinha coragem de dizer que dormia na sala. Quando ela me perguntava onde eu estava, respondia "no meu quarto". Ela sabia que a minha mãe era merendeira da escola, que eu era bolsista, mas talvez não imaginasse a vida simples e dura que levávamos. Todas as minhas férias costumavam ser em Práia Grande, uma praia do litoral sul de São Paulo. Éramos sempre quinze, vinte pessoas amontoadas em uma casa alugada por uma semana. Carmen já conhecia doze países, segundo as próprias contas dela. Para alguns, como os Estados Unidos e a França, ela me contou que tinha ido duas vezes. O pai recebia convites para reger algumas das melhores orquestras do mundo e, vez ou outra, a família o acompanhava. Encontrei várias reportagens sobre ele na internet: "Maestro Ederlei é aplaudido de pé em Moscou" ou "Maestro brasileiro será o regente convidado da Filarmônica de Vancouver". Chen estava com a razão: ele tinha uma cara bem brava, bem séria. Em duas ou três entrevistas, o maestro dizia que Carmen e Aida deveriam ensaiar muito para tocar em orquestras do exterior. Esse era o sonho dele. Aida tinha aulas de flauta transversal. A mãe, Poliana, dava aulas no mesmo conservatório em que as duas estudavam.

> Você não sonha em morar fora? 20:50

> Seria legal, mas acho que meu visto será negado. 20:51 ✓✓

> Deixa de ser bobo. 😀😀😀 20:51

> Para começar, está cheio de países que não exigem visto de brasileiros... 20:52

> Mas eu sei que a migração vai cismar com a minha cara e vai me mandar de volta no primeiro avião que aparecer. 20:52

Nós bem que poderíamos fazer uma viagem juntos. 20:53

> Para onde? 20:53

Sevilha, na Espanha. 🇪🇸 🖤 🇪🇸 🖤 🇪🇸 🖤 20:53

> Por que Sevilha? 20:54

Ora, é em Sevilha que se passa a história da ópera Carmen... 20:55

 Foi a minha vez de responder com a figurinha de um coração dourado. Apareceu na minha tela que Carmen estava digitando. Digitando, digitando, digitando. Ela estava escrevendo bastante mesmo.

> No primeiro ato de Carmen, há a música O amor é um pássaro rebelde, também chamada de Habanera. É a minha música preferida #ficaadica. Vou ler um pouco e depois dormir. Beijos, boa noite. 20:58

E se desconectou antes mesmo que eu pudesse responder ao boa-noite.

Como assim: #ficaadica?!? Pedi ajuda novamente a São Google. "Letra de O amor é um pássaro rebelde", digitei. Ali estava ela numa fração de segundos. Fui lendo linha a linha bem devagar.

*O amor é um pássaro rebelde*
*Que ninguém pode prender*
*Não adianta chamá-lo*
*Pois só vem quando quer*
*Não adiantam ameaças ou súplicas*
*Um fala bem, o outro cala-se*
*É o outro que prefiro*
*Não disse nada, mas agrada-me*
*Amor! Amor! Amor! Amor!*

*O amor é filho da boêmia*
*Que nunca, nunca conheceu qualquer lei*
*Se não me amares, eu te amarei*
*Se eu te amar, toma cuidado!*
*Se não me amares*
*Se não me amares, eu te amarei!*
*Mas se eu te amar*
*Se eu te amar, toma cuidado!*

Foi o dia em que mais senti meu coração ficando engaiolado em toda a minha vida.

# VINTE

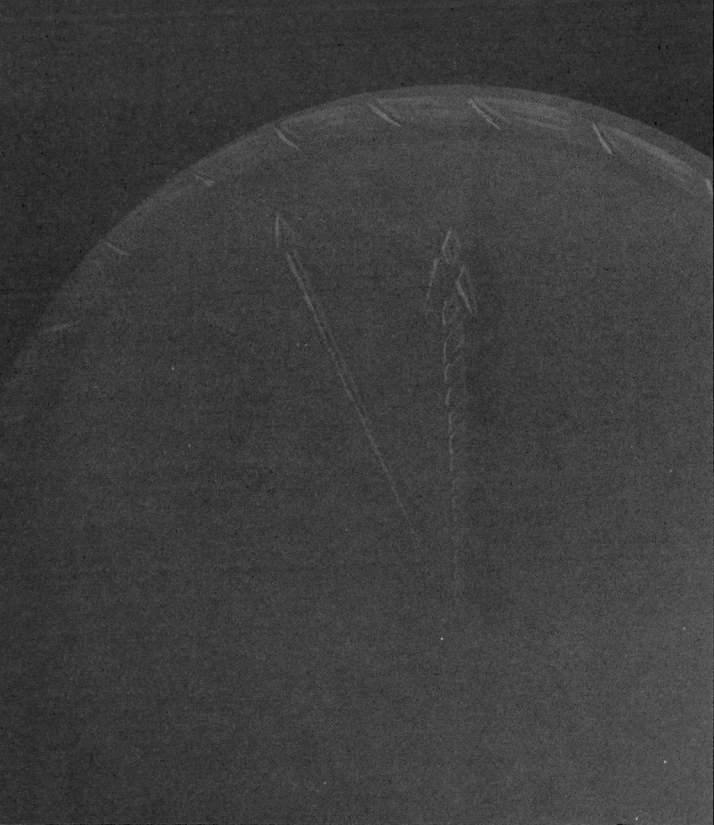

**QUAL É A VELOCIDADE DO PENSAMENTO? PENSO EM** tanta coisa que me aconteceu neste ano e, quando olho no relógio, apenas alguns segundos se passaram. Melhor não fazer contas. Continuava com as minhas dificuldades em matemática. Meu forte é português e literatura, porque gosto de ler muito. A bibliotecária da escola, dona Vânia, sempre tem ótimas sugestões. Passava pela biblioteca sempre antes das aulas de reforço de matemática.

Certa vez, a coordenadora pediu que o Felipe Borelli ficasse depois de uma aula para me ajudar com alguns exercícios. Ele tinha ótimas notas de matemática. Dizia que herdara o talento com os números do pai, mas que não pretendia seguir a carreira dele. "Onde seu pai trabalha?", perguntei. Ele contou que o pai era jogador profissional de pôquer.

Nem sabia que isso era uma profissão, pensei que fosse só um jogo para diversão. Deve ser legal trabalhar e se divertir ao mesmo tempo. Quantas pessoas conseguem fazer isso? Cantores e artistas, em geral. Jogadores de futebol. Já pensou ganhar dinheiro para jogar bola? Músicos também se divertem trabalhando. Se bem que vejo o quanto Carmen ensaia. Ela já me falou da tensão na hora da apresentação para não esquecer nenhuma nota. Não sei se realmente se diverte. Ela está divertindo a plateia, mas não está necessariamente se divertindo. Acho que os palhaços de circo, esses sim, se divertem pra valer. Se algo sair errado, as pessoas vão rir da mesma forma. Palhaços não têm rotina. O Borelli disse que queria ser economista, como o padrinho dele.

 Nunca tinha conversado a sós com o Borelli. Senti que ele queria desabafar sobre o pai e o pôquer. Achei que era justo ouvi-lo também. Os meninos fazem pouco isso, as garotas levam vantagem. Parece que elas falam mais de sua intimidade com as amigas. Borelli contou que estava vendo muito pouco o seu pai porque ele passava a noite jogando. Quando acordava, o pai tinha acabado de dormir. Também costumava viajar uma vez por mês para jogar em Las Vegas. Os prêmios do pôquer são altos, mas você paga bastante para se inscrever nas competições. As apostas também são grandes.

– Tem meses que ele ganha tanto dinheiro que troca o celular de toda a família – explicou Borelli.

– Só que, nos meses seguintes, ele fica sem grana para pagar até a mensalidade da escola.

Borelli explicou que, depois que ele largou o emprego para se dedicar ao pôquer, a mãe, dentista, teve que se desdobrar para pagar as despesas de casa.

– Eles brigam o tempo todo – disse. – Vão acabar se separando, tenho certeza. Tenho medo de que eles se separem.

Medo não é um bom sentimento. Só deixa a gente mais fragilizado. Expliquei para o Borelli que ele deveria ter coragem para enfrentar a situação, caso isso acontecesse de verdade. Aproveitei para contar um pouco sobre a minha vida. Falei da separação dos meus pais, da minha tristeza quando recebi a notícia e de como sentia falta de receber carinho dos dois ao mesmo tempo. Eu disse que tentava me lembrar dos momentos que passamos juntos para aquecer meu coração. Meu pai saiu de casa quando eu tinha sete anos. Foi morar com uma prima da minha mãe chamada Silmara. Minha mãe nunca o perdoou. Por isso, acho que ela jamais me perdoaria também se soubesse que estava ficando com a namorada do meu melhor amigo. Seria o maior escândalo, e ela diria que eu puxei o lado ruim do meu pai. Era a última coisa que eu pretendia ouvir.

Nos primeiros anos da separação, acho que eu o julgava pelos olhos dela. Isso nos afastou bastante. Para piorar, ele foi morar em Cerquilho, uma cidade a uns cento e cinquenta quilômetros de distância daqui de casa. (Durante muito tempo, eu chamava a cidade de Sucrilhos. Ele achava graça e nunca me corrigia.) Com o tempo, porém, as críticas da minha mãe deram uma trégua, e ele começou a se fazer presente mesmo em sua ausência. Ligava, mandava mensagens e vinha me pegar duas vezes por mês, quando tinha folga na fábrica de doces. Passávamos o sábado ou o domingo juntos. Era pouco, mas aproveitava cada segundo. Quando entrei na adolescência, eu é que comecei a não querer sair tanto com ele. Preferia ir jogar na casa do Chen. Dizia que tinha trabalhos da escola para fazer, e ele respeitava a minha decisão (embora tenha demonstrado tristeza em algumas ocasiões). Borelli ouviu toda a minha história com atenção, e acho até que se emocionou um pouquinho.

Na hora de dormir, ao mandar a mensagem de boa-noite à Carmen, contei como tinha sido minha tarde. Ela disse que conhecia o Borelli, que ele era muito do bem, e ficou orgulhosa de mim.

Foi o dia em que mais me senti útil em toda a minha vida.

# VINTE
# E UM

**DE REPENTE, DA NOITE PARA O DIA, EIS QUE BROTA O** acontecimento que me faria deixar de ser invisível na escola. Mas isso não foi nada bom. Assim que entrei na classe, um murmurinho correu pela turma do fundão. Alguém soltou a primeira provocação:

– Trocou de mochila hoje? Cadê aquela quadradona?

Quando olhei para um lado, só via gargalhadas no rosto dos meus colegas. Antes que eu me recuperasse do primeiro golpe, veio outro da direção contrária:

– Estão entregando a merenda da escola pelo aplicativo, é?

Marcela tinha espalhado a história. Era a vingança dela. Fui salvo do bullying coletivo pela entrada do professor de técnicas de redação. Na presença do professor, todos pareciam inofensivos cordeirinhos. Mas eram verdadeiros predadores nas sombras. A escola nunca ficava sabendo o que realmente acontecia. E ai de quem ousasse ir se queixar na coordenação. O "castigo" seria ainda maior. Desse modo, a cada intervalo entre as aulas, entre a saída de um professor e a entrada de outro, as piadinhas recomeçavam. Quando soou a campainha do intervalo, veio um golpe que me deixou ainda mais abatido:

– Vamos até a cantina ou pedimos os lanches para entregar aqui na classe? – e o meu nome era sempre citado.

Não estava acostumado a ser o centro das atenções. Ainda mais daquela maneira rude. Passei os dois anos anteriores, inteiros, sendo praticamente ignorado pelas pessoas. Eu não falava muito de mim porque, em geral, ninguém me perguntava nada. Às vezes, vieram me perguntar coisas sobre a vida na favela. Explicava que eu não morava em uma "comunidade". Eu era da periferia. Também me faziam perguntas sobre traficantes, sobre armas, sobre tiroteios com a polícia, sobre bailes funk. Basicamente era isso. Não fazia viagens de fim de semana para contar, não tirava selfies na pista de shows de bandas internacionais, nem cachorro de raça eu tinha para postar no Instagram. Passava sempre o maior sufoco para ser aceito nos grupos de trabalhos em equipe. Sempre precisava da intervenção do Chen. Nos dias de confraternização, ninguém tocava nas tortas que eu levava. Mas atacavam sem piedade bandejinhas de brigadeiros duros e ressecados. A verdade é que Chen era o único que me respeitava o tempo todo, ele era o meu elo de socialização com o restante da classe.

Naquele dia, Chen faltou. Avisou no grupo que estava doente. Seu pai tinha acabado de voltar de uma viagem à China e ele ficou acordado até tarde. Levantou naquela manhã com um pouco de febre e com o nariz escorrendo muito. Sem ele, eu me vi no purgatório. Meus amigos do antigo colégio tinham se afastado de mim. Ouvi dizer que estavam me achando metido depois que fui para uma escola particular, mesmo que eu não tenha mudado em nada o meu comportamento. Por outro lado, não consegui construir amizades sólidas no Ensino Médio, que dizem ser as que levamos para a vida toda.

Foi o dia em que mais me senti desprotegido em toda a minha vida.

# VINTE
# E DOIS

**FICO ME POLICIANDO AO MÁXIMO PARA NÃO DIZER** "relógio dos passarinhos". Depois dos onze anos, já dizia um livro que li nos tempos do Hildebrando, pega mal falar no diminutivo. Tomo o maior cuidado, mas de vez em quando escapa, fazer o quê? Teve uma época em que resolvi desenhar os doze pássaros. Tirava o relógio da parede e o colocava em cima da mesa da cozinha. Era a única mesa que tínhamos em casa e ela era multitarefas. Servia para passar roupa, preparar bolos e massas, fazer lição de casa, desenhar, jogar baralho. Colocava o bloco de papel ao lado e ensaiava os traços vagarosamente. Comecei com o tucano, que ficava na posição do número quatro. Depois o pintassilgo, na casa sete. Fui fazendo até completar os doze. Tudo pintado com meus lápis aquarelados. Ficaram bem bonitos. No segundo ano, eu caí na mesma classe que o Tsukimi. Eu adorava esse tipo de nome, ele é único, faz todo mundo puxar conversa com você. Tsukimi é a "contemplação da lua cheia" em japonês. E o mais engraçado é que nem japonês ele é. Disse que o pai dele gosta da cultura japonesa. Mostrei os desenhos para o Tsukimi, e ele se encantou. Perguntou se poderia levá-los para o pai, que era ornitólogo. Pensei que fosse uma especialidade médica, tipo ortopedista e psicólogo, mas ele explicou que ornitólogo era quem estudava os pássaros. O pai dele amou os meus desenhos e ofereceu cem reais por todos eles. Minha mãe autorizou a venda e foi o primeiro dinheiro que ganhei com o meu trabalho. Fiz outros, mas não achei comprador e guardei tudo na gaveta do guarda-roupa.

Lembrei disso quando comecei a ensinar desenho para a Carmen. Nossos encontros eram na praça de alimentação do shopping que ficava perto do conservatório. No meio da tarde, havia muitas mesas livres. Eu me sentava ao lado dela. Carmen colocava o bloco e as canetinhas, quer dizer, as canetas na mesa, e começávamos a desenhar. Ela adorava quando eu segurava sua mão para fazermos traços, formas, contornos e sombras juntos. Ela também insistia em pagar os milk-shakes e as fritas dos nossos lanches. Dizia para a mãe que estava na casa de uma amiga.

Um dia, ela me surpreendeu quando eu estava mostrando como desenhar uma cabeça:

– Depois de amanhã é Dia dos Namorados.

– É, eu tô sabendo.

– Então... Eu quero namorar você!

O meu lápis escorregou na folha e fez um risco de ponta a ponta.

– Você já é namorada do Chen... – foi a primeira vez que o nome dele apareceu em nossas conversas.

– Mas eu quero ser SUA namorada.

O "sua" foi bem enfático para não restar dúvidas.

– E o Chen? – fiquei meio sem ação. Parecia que eu estava despencando para o mundo real a toda velocidade e sem paraquedas.

– O que tem o Chen? – Carmen estranhou a minha pergunta.

– Ele é o meu melhor amigo.

– E...? Você não trocaria a amizade dele por mim? – perguntou Carmen num tom ofendido.

Não soube responder, fiquei em silêncio.

– Por que você se encontra comigo escondido, então? – ela prosseguiu o ataque. – Por que você me beija e me abraça? Por que você vem me ver todos os dias? Por que me manda músicas dizendo que me ama?

Continuei calado, imaginando a decepção da minha mãe e de toda a minha família se soubesse dessa história.

– Quero namorar você. Que mal tem isso?

– O Chen sempre me ajudou muito, não posso fazer isso com ele.

– Agora é tarde, querido – a ironia daquele "querido" me feriu profundamente. – Já fez.

Mais uma vez fiquei em silêncio.

– Olhe para mim e responda: você me ama ou não?

Nas letras das músicas, eu dizia que a amava apaixonadamente, mas ela nunca tinha me feito essa pergunta quando estávamos frente a frente. E, de repente, a razão quis confrontar o coração. A razão pôs para fora tudo o que estava reprimido:

– Amo... mas amo como amiga.

– Amiga? – ela deu uma gargalhada nervosa. – Amigos se beijam como nós nos beijamos? Não quero ser sua... amiga. Você está falando sério? Amiga. Amiga... Então acabou, tá? Obrigada pelas aulas de desenho.

Ela empurrou o material para dentro da mochila de qualquer jeito. Ainda arrancou uma folha do bloco e escreveu "Até nunca mais". Atirou o papel na minha direção, virou as costas e foi embora em passos rápidos. Fiquei ali olhando para os dois copos de milk-shake pela metade e o restinho de fritas. Amassei o bilhete, coloquei em cima da bandeja do lanche e joguei tudo no lixo.

Quando cheguei em casa, vi que ela havia me enviado uma música: *Sonata para piano número 18*, de Mozart. A mesma que Chen tocou no primeiro dia que a encontrei. Ela tinha ficado mesmo brava comigo.

Foi o dia em que disse a maior mentira de toda a minha vida.

# VINTE
# E TRÊS

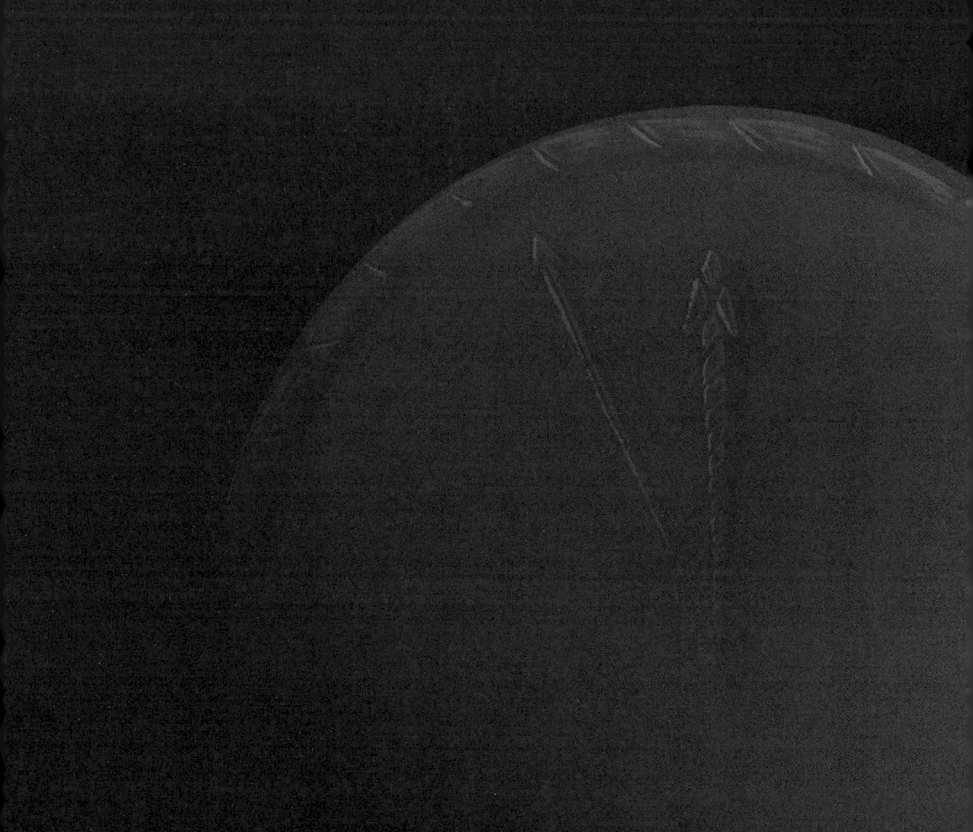

**"NADA É TÃO RUIM QUE NÃO POSSA PIORAR" É OU**tra máxima do meu tio. Tem tio que adora fazer trocadilhos, tem tio que adora contar piadas. O meu tio adora frases de efeito. Não acho muita graça quando elas se tornam realidade.

Assim que entrei na escola, atravessando o pátio, senti olhares estranhos vindos na minha direção. Resolvi acelerar os passos. Algo me dizia que era o melhor a fazer. Alguns metros depois, porém, fui abordado por Henrique e Patrick, que fizeram uma muralha humana, como um bloqueio no futebol americano.

– Você merece uma surra, cara! – disse um deles, não lembro se o Henrique ou o Patrick.

– O Chen vai matar você! – emendou o que não disse a primeira ameaça.

Surra? O Chen? Me matar? Não entendi o que eles queriam dizer com aquilo. Fiquei tão assustado com a abordagem que as palavras não saíram da minha boca. Tudo o que fui capaz de fazer foi acenar um gesto de negação com a cabeça.

– Se faz isso com seu melhor amigo, o que você deve estar falando do restante da classe? – já não me importava mais se era o Henrique ou o Patrick. Comecei a sentir uma espécie de vertigem, e meus olhos estavam molhados.

– O que foi que eu fiz? – consegui finalmente balbuciar alguma coisa.

Nisso, mais quatro ou cinco meninos foram se juntando, formando uma pequena aglomeração em volta de mim. Mais vozes ressoavam ao fundo.

– Ah, agora vai dizer que não lembra... Deu amnésia, é?

– O que foi que eu fiz? – repeti, já sentindo alguns empurrões pelas costas.

A chegada do inspetor foi providencial para me tirar da rodinha. Senti um grande alívio, pois estava perdendo a força nas pernas. Ele dispersou o grupo a tempo de as coisas não piorarem para mim. Não conseguia entender o que estava acontecendo e nenhum dos brigões parecia disposto a me explicar.

Na classe, as carteiras ao meu redor ficaram vazias. Ninguém quis se sentar ao meu lado – como se eu estivesse com uma doença contagiosa. Chen chegou cinco minutos atrasado, tossindo um pouco e com uma máscara preta cobrindo o nariz e a boca. Eu tentei cumprimentá-lo com um aceno, mas ele não devolveu o cumprimento. Ouvi alguém dizendo: "Falso!". Ainda no meio da primeira aula, um bilhete veio andando de mão em mão até chegar às minhas. "Vou te dar uma surra lá na saída." Era a letra do Chen.

* * *

Pedi licença para ir à enfermaria. A professora de história percebeu que eu não estava bem. Minha saída foi seguida por sussurros de "medroso" e "fujão". Sem entender nada, dona Vilma perguntou o que havia acontecido, só que não deu tempo de ouvir o que alguém começou a explicar. Fiquei perdido em meus pensamentos.

Em vez de ir até a enfermaria, preferi passar na cozinha e avisar a minha mãe que eu queria voltar para casa. Ela ficou assustada porque eu não era de perder aulas. Algo sério devia estar acontecendo. Mamãe pediu que eu fosse buscar o meu material enquanto ela avisaria a coordenação.

– Você quer dinheiro para voltar de carro? – perguntou.

Eu disse que não era necessário. Dava para voltar de ônibus, sim. Não seria fácil encarar a classe novamente. Na verdade, queria saber do que me acusavam. Chen estava no corredor dos armários, como se estivesse preparando uma emboscada para mim.

– Não vou deixar você fugir – ele tirou a máscara, agarrou forte a minha camiseta, me puxando na sua direção. – Quero ver você falar aqui, na minha cara, o que você andou falando de mim pelas costas.

– Não fui eu... – reagi.

– Já não te contei o preconceito que sofri quando cheguei aqui, é? – apertou mais forte a minha camiseta.

Coloquei as duas mãos no peito dele tentando afastá-lo. Acabamos caindo no chão. Chen era lutador de kung fu, eu não tinha a menor chance de enfrentá-lo. Fui salvo de novo pelo inspetor, que trabalhou como meu anjo da guarda naquela manhã. Ele nos separou, eu estava com a camiseta rasgada e com fortes dores nas costas. Fomos direto para a sala da coordenação. Chen foi o primeiro a entrar. Ao sair e passar por mim, pisou de propósito em um dos meus pés. A dor no pé só não foi maior do que a dor que eu estava sentindo por dentro. A coordenadora me chamou, nem esperou fechar a porta para iniciar o sermão e pediu que eu contasse a minha versão dos fatos. Era a primeira vez que entrava na sala dela em dois anos e pouco no colégio. Comecei falando que fui cercado pelos colegas quando cheguei naquela manhã.

– Quero saber o que aconteceu antes disso... – interrompeu ela, com uma voz que denunciava seu aborrecimento. – Um amigo seu compartilhou um áudio em que você faz insinuações xenofóbicas do colega que acabou de sair daqui. É algo muito, muito sério.

Quando alguém usa um advérbio de intensidade duas vezes em seguida é que a coisa está feia mesmo.

Fiquei chocado com a revelação. Eu? Não, eu nunca falaria nada a respeito do Chen, disse, colocando as mãos juntas em sinal de súplica. Ofereci meu celular para que ela visse o histórico de mensagens. Ela pediu que eu o guardasse.

– Nós vamos apurar isso direitinho – prometeu. – Por enquanto, você e o Chen estão suspensos por três dias pela briga no corredor. Você deve conhecer os valores de nossa escola, certo? Leve esse comunicado da suspensão e peça para a sua mãe assinar.

Naquela hora, eu quis ter o superpoder de desaparecer.

Foi o dia em que mais senti falta de chão em toda a minha vida.

# VINTE E QUATRO

**ABRI A GELADEIRA E PERCEBI QUE A JARRA DE ÁGUA ES-** tava no final. Completei-a com a água da moringa. No freezer, a forma de gelo também estava desfalcada. Isso me fazia lembrar de uma frase do meu tio: "Todo mundo quer gelo, mas ninguém quer encher as forminhas". Tirei os cubos restantes e depois fiz o trabalho completo.

Ouvi o ranger da porta de entrada. Chovia forte lá fora. Uma chuva incomum para aquela época do ano. Os pontos de ônibus aqui do bairro não têm cobertura como os pontos perto da escola. Nem lugar para sentar. Não temos nada de bom, a não ser o povo trabalhador que vive aqui. Com movimentos de quem está cansada, minha mãe entrou e sacudiu a sombrinha na soleira. Colocou-a dentro de um balde e pousou a bolsa numa das três cadeiras da cozinha. Olhou para mim com tristeza.

– O que aconteceu lá na escola? – começou o

interrogatório, respirando com grande dificuldade, lentamente, com a boca tremendo.

Antes que eu falasse qualquer coisa, ela emendou:

– Quais foram os quatro pedidos que fiz quando você mudou de escola? Estávamos sentados exatamente aqui, nos mesmos lugares em que estamos agora.

Mesmo se eu não me lembrasse, sabia que ela refrescaria a minha memória de qualquer forma.

– Nada de cigarros, bebidas, drogas e confusão – enumerou ela. – Você já desrespeitou a questão da bebida, e o que aconteceu? O que é essa confusão agora?

Minha mãe tem um jeito curioso de dar ordens disfarçadas de pedidos. Acho que todos os pais são assim. Fiquei verdadeiramente chateado com as perguntas que ela me fez. Ainda mais do jeito que foram feitas. Ela também tinha acreditado naquela história? Eu queria acalmá-la de alguma maneira, mas não tinha ideia de que caminho seguir. Nunca tinha visto minha mãe tão triste. Não, ela não estava triste comigo naquele momento. A palavra era outra. Ela estava decepcionada.

– Mãe, eu juro que não fiz nada! – falei.

Sabia que o verbo "jurar" seria levado em consideração. Ela me ensinou a nunca cometer falso juramento, e eu seguia isso sempre à risca. Se eu estava jurando, ela deveria no mínimo me ouvir. Não havia muita coisa para contar, mas tentei relatar todos os detalhes. Começando dois dias antes, quando dei a volta no quarteirão com a mochila de entrega de comida do Roberto nas costas.

Ao terminar de contar, minha mãe ainda transpareceu uma pontinha de dúvida:

– Você não mandou mesmo nenhuma mensagem falando sobre o Chen?

Repeti que não.

– A coordenadora me disse que tem uma mensagem muito grave circulando entre os alunos.

– Nunca fiz mal nenhum ao Chen – repeti, obviamente tirando Carmen desse raciocínio.

– Eu sei, eu sei, meu querido – ela finalmente percebeu que eu estava precisando de carinho. – Mas você tem idade para entender que sempre desconfiarão de nós antes. Por causa da cor da nossa pele, infelizmente, ainda somos sempre os primeiros suspeitos de qualquer coisa.

Ela respirou fundo para pegar fôlego e continuou falando:

— Por isso é que já disse uma vez e vou repetir. Se, um dia, a polícia parar você na rua, nunca encare o guarda, chame ele de "senhor" e abra a mochila sem reclamar. Só isso. Vai doer na alma, eu sei, mas não se meta em confusão.

Minha mãe disse que a coordenadora a dispensou mais cedo para que ela viesse para casa e conversasse comigo. Uma nova conversa entre as duas ficou marcada para a manhã seguinte.

— Vou até o centro espírita tomar um passe. Vai me ajudar a enfrentar melhor o dia de amanhã. Depois, passarei na casa do Valdeci.

— Pode ter certeza de que alguém inventou essa história para me prejudicar... — insisti. — Eu só queria ouvir esse áudio.

— Confio em você, filho! — mamãe colocou o braço em meu ombro. — Vamos provar que você não fez nada.

* * *

Naquela noite, minha mãe disse que não tinha condições de fazer o jantar. Entendi perfeitamente. Se tivesse fome antes de ela voltar, pediu que eu me virasse com pão, margarina, presunto e queijo prato. Quanto antes ela conversasse com tio Valdeci, mais calma ficaria. Sozinho em casa, decidi não ligar a TV. Preferi entrar nas redes sociais. Melhor teria sido ir dormir sem ter visto o exército de justiceiros que surgiu para me atacar. Boa parte da turma resolveu me barbarizar no Instagram. Também sofri linchamento nos grupos de WhatsApp até de gente que nem devia saber quem eu era, que nunca me vira. Numa hora dessas, as redes sociais pegam fogo. Todo mundo se sente no direito de ofender, de machucar, de colocar seus recalques para fora. "Fechem essa escola" ou "Traidor do Ensino Médio" eram alguns dos comentários maldosos curtidos e compartilhados por milhares de pessoas. Muitos se referiam a Chen como "perigo amarelo" e "espalhador de vírus". Teve quem escrevesse que já tinha visto fotos dele comendo carne de cachorro durante um fim de semana. Os haters estavam à solta.

Foi o dia em que mais desejei não ter acordado em toda a minha vida.

# VINTE E CINCO

**MINHA MÃE VOLTOU PARA CASA TARDE. ELA E O TIO** Valdeci combinaram de ir juntos à escola no dia seguinte para conversar com a coordenadora. Reclamou da enxaqueca, tomou os remédios de pressão, me deu um beijo de boa-noite, repetiu que confiava em mim e trancou-se no quarto.

O sono não vinha, nem consegui me deitar. Como eu poderia dormir depois de todo o acontecido? Fiquei sentado na poltrona. Não tirei o uniforme, não tomei banho, não escovei os dentes. Pensamentos perturbadores rondavam a minha cabeça. A sala estava tão silenciosa que conseguia ouvir a minha respiração e os pulinhos do ponteiro do relógio da cozinha. Rezei para aliviar o sofrimento, mas as cenas tristes vinham e voltavam.

Teimoso, resolvi bisbilhotar as mensagens de novo. Vi que Chen estava on-line. Resolvi falar com ele.

"Oi, Chen. Olha, cara, eu nunca disse nada sobre você. Nem sei o que essa mensagem está dizendo.

Alguém está querendo acabar com nossa amizade!"

Não sei se Chen visualizou a minha mensagem. Ele desabilitou o ícone azul que avisa que a mensagem foi lida. Só sei que, um minuto depois, ele se desconectou, me ignorando por completo. Não conseguia entender aquela reação intempestiva dele. Afinal, se éramos amigos de verdade, ele teria que ao menos me dar uma chance de me explicar. Haveria alguma mágoa que justificasse um rompimento assim tão brusco?

Fiz primeira comunhão e era crismado. Minha mãe frequentava a igreja e o centro espírita. Ela acredita que ambas as religiões podem ser praticadas ao mesmo tempo. Não posso dizer que isso me fazia uma pessoa religiosa. De vez em quando, eu a acompanhava, mas não prestava a menor atenção aos sermões. Só poderia ser coisa de Deus por causa do meu erro. Mas não foi Deus também que pôs Carmen no meu caminho? Só se Ele tinha o propósito de testar a minha força de vontade contra o pecado, e eu fraquejei. Sim, pecado. Está bem explicado nos dez mandamentos, lembro da aula de catecismo: não cobiçarás a mulher do próximo. Era um castigo dos céus, só podia ser.

O problema de pensar no mal que fiz a Chen é que outro pensamento vinha na sequência como se estivesse geminando. No meio de tamanha onda de ódio, havia uma única ilha de amparo na minha cabeça. Achei que, apesar de estar brava comigo, Carmen poderia me ajudar a sair dessa situação. Os acontecimentos das últimas horas tinham passado por cima de mim feito uma retroescavadeira. Foi um ato de desespero, admito. Mas ela era a única pessoa com quem eu compartilhara a minha intimidade. Nosso amor aconteceu, foi verdadeiro. Era a única pessoa que me ouvia. Ela poderia reagir mal, eu trabalhava também com essa possibilidade, mas resolvi arriscar. Escrevi uma mensagem curta e, depois de muito tempo de silêncio, ela me respondeu. Eu disse que precisa conversar, e ela concordou em nos encontrarmos na manhã do dia seguinte.

Foi o dia em que mais tive esperança em toda a minha vida.

# VINTE
# E SEIS

**TIO VALDECI PEDIU FOLGA NA FÁBRICA PARA ACOMPA-**
nhar a minha mãe na escola. Escreveu numa folha de papel sulfite as perguntas que tinham que ser feitas. Prometeram também que trariam uma cópia da tal mensagem que estava circulando entre os alunos da Sophos.

Sempre que algo assim acontece na nossa vida, a gente tem o costume de disparar o botão do "E se". E se eu não tivesse mudado de escola? E se continuasse com meus amigos antigos? E se eu não fosse bolsista num colégio de ricos? Pena que o "E se" não existe. Nem uma máquina do tempo para me levar de volta ao Hildebrando Macedo. Sei que o colégio tinha vários problemas. Lá faltava água, faltava giz (a Sophos só tem lousas digitais, ninguém aqui nunca participou de uma guerra de giz), tinha goteira, as aulas eram tumultuadas, mas todos aprendemos a ser leais.

Marquei o encontro com Carmen numa pracinha perto da casa dela. Estava com medo de sair de casa. Coloquei um boné meio enfiado no rosto. Fui de bicicleta. Cheguei um pouco antes. Partiu dela nos cumprimentarmos apenas com um aceno, quase como dois estranhos. Carmen estava com os olhos desorientados, envergonhados. Parecia não conseguir me encarar. Antes que eu dissesse alguma coisa, ela disparou:

— Estou muito magoada com você — e disse o meu nome, em vez do apelido calórico que ela tinha criado para nós. — Decepcionada até.

— Você também não acredita em mim? — fiquei arrasado.

— O Chen me contou ontem e disse que você não presta...

— Mas eu não fiz nada, juro — parecia um pedido de perdão a ela, mas estava pedindo ajuda.

— O que é? Ciúmes do Chen por minha causa? Por isso resolveu se vingar? — a raiva tomou conta dela também, que continuou me atacando.

— Tenho ciúmes do Chen, sim. Queria ser o Chen, sim. Queria ter dinheiro para levar você em lugares legais...

— Dinheiro? Que babaquice! — e repetiu meu nome, agora num tom enfurecido, em que cada sílaba parecia já sair da boca com hifens. – Nunca mais repita isso. Nunca mais! O que você acha que eu sou? Eu disse que largaria o Chen para namorar você. O que você me disse? Que me ama como amiga, não foi? Agora é que não vou ser sua amiga mesmo.

Pedi desculpas, ainda mais envergonhado. Se estivéssemos num game, teria perdido todas as minhas vidas ali. Parecia que os meus problemas só aumentavam. Agora era Carmen quem se voltava contra mim.

– Não vamos nos ver mais, combinado? Também não quero que você me escreva. Pode apagar o meu número. Nunca mais!

Não houve despedida. Um último abraço, um último olhar, um último nada. É uma sensação horrível imaginar que você não verá mais alguém. Ainda mais quando ficara tanto daquela pessoa dentro de você. Carmen foi embora. Parecia que o "nunca mais" ficara reverberando pela praça, como se todos que estavam ali pudessem ainda escutá-lo.

Foi a pior despedida de toda a minha vida.

# VINTE
# E SETE

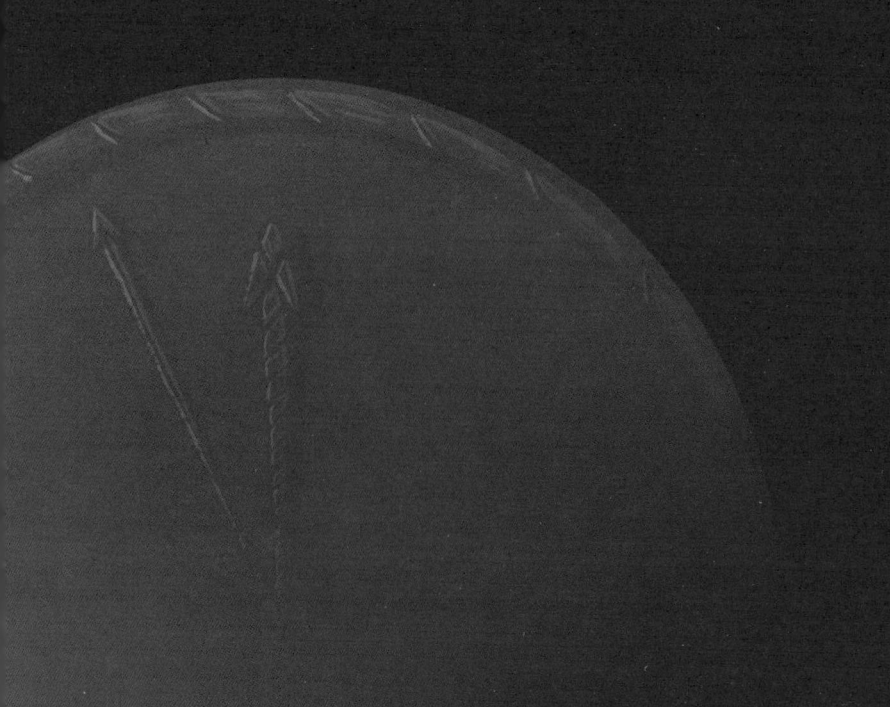

**NAQUELE FIM DE TARDE, ENQUANTO ESPERAVA MI-**nha mãe voltar da escola com as novidades, comecei a reparar em cada objeto da cozinha de casa, algo que não costumava fazer no dia a dia. O filtro e a moringa de barro pareciam formar a dupla o Gordo e o Magro, que eram os comediantes preferidos do meu pai. Ele tinha algumas fitas de vídeo guardadas no armário da sala. Deviam ser poucas, pois tenho a sensação de que ele sempre assistia às mesmas. Ele dava umas risadas escandalosas, que chamavam a atenção até dos vizinhos. As casas aqui ficam todas muito próximas, ligadas por um longo corredor. A nossa é a quarta casa. Estamos sempre escutando as discussões do jovem casal que mora do lado esquerdo ou a TV cada vez mais alta de dona Matilde. Dizem que seu Malaquias está perdendo a audição e a família não tem dinheiro para lhe comprar um aparelho auditivo.

Queria muito que o meu pai estivesse aqui para me ajudar a sair daquela enrascada. Papai costumava telefonar algumas vezes por semana. Perguntava protocolarmente da minha mãe (os dois se falavam o mínimo possível, o que eu achava chato, e muitas vezes eu servia de mensageiro para recados de um para o outro, o que eu achava ainda mais chato), perguntava da escola, dos meus amigos, das notas. Terminava sempre a ligação com um "Não esquece que eu te amo muito, tá?". Eu dizia "Eu também, pai", e desligávamos. Aquelas chamadas deixavam o meu coração mais confortado, e eu dormia melhor nos dias em que falava com ele. Não era um pai que ajudava nas lições de casa, mas era um pai que sempre tinha uma palavra de incentivo. Daquelas pessoas que não desistem, que não têm medo da vida. Por isso é que queria que ele estivesse aqui agora comigo. Ou que me ligasse para dizer que acreditava em mim, que estava ao meu lado e que, no final, tudo ia dar certo. Tentei ligar, caiu na caixa postal. Desisti depois da terceira tentativa.

As ligações diminuíram um pouco depois que nasceu Emerson, meu meio-irmão. Ah, Emerson achou engraçado quando eu o chamei de "meio--irmão". Ele perguntou de quem a outra metade era irmão. Lembro que a minha mãe chorou o dia inteiro quando recebeu a notícia do nascimento dele. Acho que, no fundo, ela tinha uma pontinha de esperança de que meu pai voltaria para casa. As esperanças foram enterradas no dia em que ele nasceu, 16 de novembro. Aquele dia foi o último em que mamãe derramou lágrimas por causa do papai. No dia seguinte, como numa metamorfose, lembro que ela acordou bem cedo em pleno domingo para cortar e pintar os cabelos. Comprou também um vestido novo, coisa que ela não fazia havia anos, e se matriculou em uma aula de zumba numa academia aqui perto de casa. Fez em um dia tudo o que não tinha feito em quatro anos de separação.

O engraçado é que a imagem que tenho mais forte do meu pai é do dia em que ele saiu de casa. Colocou as coisas – basicamente roupas e sapatos – em uma mala velha e em mais duas sacolas de feira. Ganhei um abraço antes de ele entrar no Golzinho vermelho. Não teve um último aceno, um último olhar. Parecia até que ele voltaria para jantar como nos outros dias. Ele deu a partida e foi embora. Não voltou naquela noite nem nas outras.

O adesivo colado no vidro traseiro "Dirigido por mim e guiado por Deus" foi ficando cada vez mais difícil de ler à medida que o carro se afastava.

Foi o dia em que mais chorei em toda a minha vida.

# VINTE
# E OITO

**DOIS DIAS DEPOIS DA BRIGA, MESMO SUSPENSO, EU** fui convocado para ir com a minha mãe até a escola. A coordenadora queria me fazer algumas perguntas. No caminho, percebi que a minha mãe estava incomodada com as mensagens que pipocavam no grupo das mães da classe. Algumas me chamavam de irresponsável por ter começado com esses boatos. Outras diziam que, se fosse verdade, esse novo vírus poderia ser muito perigoso e que a escola já deveria ter tomado uma atitude mais séria. Teve mãe que sugeriu que Chen fosse proibido de entrar na escola até que fizesse uma bateria de exames e que eu também ficasse de quarentena, porque frequentava a casa dele. Havia um clima de revolta geral.

— Quem elas pensam que são? Não conseguem enxergar que é tudo notícia falsa.

— Deixa pra lá, mãe! Melhor não responder. Só vai piorar a situação. Melhor ignorá-las.

– Elas sabem que estou no grupo, e nenhuma me deu uma palavra de solidariedade – choramingou, nós dois comprimidos no ônibus. – Todos os professores vieram conversar comigo ou me mandaram mensagens. Disseram que você é um aluno exemplar.

– "Eu sei quem trama e quem tá comigo" – declamei.

– O que você está querendo dizer? – ela estranhou.

– Tem gente do nosso lado, e isso é o mais importante.

– Elas são egoístas. Não sabem o que é ouvir um filho pedindo alguma coisa que elas nunca vão poder dar.

– Eu tenho tudo o que eu quero, mãe! – lhe dei um beijo em seu rosto. – Você faz tudo por mim.

Estava na hora de descer. A escola ficava no próximo ponto.

\* \* \*

"Firmeza, pessoal? Cuidado ao passarem perto daquela escola bacana do Morumbi. Um irmão meu disse que tem um chinês lá que está espalhando uma gripe asiática pra todo mundo. Ele frequentou a casa do sujeito e viu que a família do China come morcego, sapo vivo, cobra e até umas coisas mais nojentas. Passem longe dessa quebrada para não se contaminarem." A mensagem era um pouco mais longa e citava o meu nome duas vezes. Foi feita por alguém que me conhecia. Ela se espalhou por toda a escola num piscar de olhos. Quem poderia ter arquitetado plano tão sinistro? O professor de tecnologia apurou que o ponto de partida da mensagem foi um grupo de WhatsApp chamado "Brothers da 12", com cento e poucos participantes. Colocaram uma hashtag com o nome da nossa escola e foi assim que o áudio veio parar aqui.

Nunca disse nada daquilo sobre o Chen, expliquei mais uma vez. E agora? Estava me sentindo tão injustiçado quanto ele. Preconceito da mais alta octanagem. Pra quê? Perguntaram, então, se eu sabia da existência daquele grupo. A foto de perfil era de um garoto de óculos escuros e boné de aba reta enterrado na cabeça, no meio de uma rua movimentada. Impossível reconhecer alguém assim. A coordenadora explicou que não estavam duvidando da minha palavra, mas eles teriam que investigar tudo, a pedido do pai do Chen, pois se tratava de um caso bastante sério.

– Tenho certeza da inocência do meu filho – disse minha mãe, muito emocionada.

* * *

Pois o que se viu no dia seguinte é que a fake news do vírus na escola ganhou dimensões inimagináveis. Minha mãe ligou para contar que mais da metade dos alunos não apareceu na aula naquela manhã e que a secretaria estava se desdobrando para atender ligações de pais desesperados e jornalistas ansiosos. Alguém publicou a hashtag #viruschinesnaescola, e ela viralizou num piscar de olhos. Na hora do almoço, um telejornal chegou a dizer que havia suspeita de um surto de uma nova gripe em uma escola na zona Sul (no caso, a minha). Estava escrito naquelas chamadas que ficam estampadas na tela por um tempão. Comecei a escarafunchar nas redes sociais e vi que tinha gente compartilhando o áudio a rodo. A história não parava de aumentar. Um absurdo total.

Postaram no Twitter algumas fotos dos muros da escola pichados: "Volta pra China e leva suas doenças de volta", "Aqui estuda um comedor de morcego" e "Escola em quarentena". Essa confusão toda só pioraria as coisas e, por isso, fiquei ainda mais deprimido. A raiva do Chen quadruplicaria. Ele nunca mais olharia na minha cara se isso não fosse logo esclarecido. Com razão. Como seria o nosso reencontro amanhã na aula? Com que clima eu voltaria para a escola? Ele já havia sido condenado pelo tribunal da internet, e agora queriam também a minha cabeça. Não entendia a motivação de tudo aquilo. Tentei listar mentalmente quem poderia ter feito aquilo. Tinha muita gente com raiva de mim nos últimos dias. Marcela, a avó da Marcela, toda a família da Marcela e todas as garotas da classe, porque mexeu com uma, mexeu com todas; o Henrique; o Patrick; agora o Chen, mas o Chen não iria arrumar essa encrenca para o lado dele; a Carmen, a Carmen não, ela não espalharia notícia falsa, por mais que estivesse decepcionada comigo. Até o seu Egídio, zelador da escola, deve estar com raiva de mim porque vai ter que pintar os muros. Tanta gente.

No meio daquela artilharia pesada, encontrei uma mensagem do Borelli. Finalmente apareceu alguém que estava do meu lado. Ele escreveu que tinha uma informação importante para compartilhar. Marcamos um encontro na padaria que ficava a quatro quadras da escola. Achei prudente ser em um lugar mais distante da escola para não correr o risco de encontrar alguém.

    Borelli sabia de toda a história e disse que uma amiga dele descobriu uma pista que poderia nos ajudar a encontrar quem tinha espalhado a notícia.

    — Ela abriu a foto do grupo do WhatsApp no notebook e percebeu um detalhe que nenhum de nós percebeu. Veja aí, tem uma loja atrás dele. Ela conseguiu ler o nome. Ótica Plena Visão, tá vendo aqui? A minha amiga procurou por essa loja na internet e encontrou o endereço. Só tem uma em São Paulo. Fica na rua Doze de Outubro, na Lapa.

    — Ah, por isso o grupo se chama "Brothers da 12" — juntei os pontos e me enchi de uma coragem que eu nem sabia que tinha, mas que estava escondida dentro de mim. — Vou até lá agora! Essa turma vai ver com quem se meteu. Está na hora de reagir contra quem fez isso com o amigo que sempre me protegeu.

    Foi o dia em que mais me senti fortalecido em toda minha vida.

# VINTE E NOVE

– **COMO É QUE VOCÊ CONHECE ESSA RUA? – PERGUN**-tou Borelli.

– A Doze de Outubro é uma rua de comércio conhecida – respondi. – Já fui lá com o meu pai duas vezes. Um primo dele trabalha numa loja de relógios ali perto.

– Ah, é? Doze de Outubro é em homenagem ao Dia das Crianças?

– Se é uma rua de comércio, deve ser – respondi, sem muita convicção.

– Esse lugar é a chave do mistério... – deduziu Borelli. – Precisamos encontrar o cara que criou esse grupo.

– Tem um ônibus que vai direto daqui para a Doze de Outubro. Podemos ir até lá.

– Nunca andei de ônibus, nem sei como é... – assustou-se Borelli.

– Não tem segredo. Ando de ônibus todos os dias e nunca me aconteceu nada. Vem comigo até lá?

– Hummm... Andar de ônibus sozinho, ir a uma rua com muvuca sem avisar ninguém. Acho que os meus pais vão me matar quando souberem. Vão me matar mesmo, tenho certeza... Ok, eu topo!!!

Não tinha a menor ideia do que aconteceria quando chegássemos lá. Embarcamos no ônibus três minutos depois.

* * *

A viagem demorou quarenta e cinco minutos e, aos poucos, o Borelli foi perdendo o medo de andar de ônibus. Como diz meu tio frasista: "Tem coisa que a gente só aprende vivendo". Percebi que ele estava prestando atenção em tudo. Fez questão de apertar o botão para descermos. A rua Doze de Outubro era bem comprida e lotada de ambulantes nas calçadas dos dois lados. Borelli estava com o endereço no bolso.

– Quando eu tirar o celular, você faz uma proteção para que ninguém roube o aparelho – Borelli estava ainda um pouco apavorado, pediu que eu fizesse o papel de segurança e fiquei orgulhoso disso (não podia esquecer de contar para o meu pai).

Quanto mais perto chegávamos, mais meu coração acelerava. E, exatamente duas quadras depois, lá estava a Plena Visão. Mas tive outra visão bem mais surpreendente: um garoto da minha idade trabalhando atrás de uma banca, cheia de capas plásticas com os últimos lançamentos do cinema. As capas eram grosseiramente copiadas dos cartazes dos filmes. Havia ali até o musical que eu tinha assistido recentemente com a Carmen no cinema. O garoto era Jonas, meu colega do Hildebrando.

– Estão procurando alguma coisa específica? – perguntou Jonas quando nos aproximamos. – Tenho também games. A última versão do Top Soccer acabou de chegar.

– Estamos procurando você – eu disse. – Jonas, você não se lembra de mim?

Ele levou dois sustos seguidos. O primeiro porque eu sabia o nome dele e o segundo quando me reconheceu.

– Mano, claro que lembro! – saiu de trás da barraca, me deu um abraço sincero e, voltando-se para Borelli, completou. – Estudamos juntos três anos, ele me passava cola direto, me deixava copiar os trabalhos. Sangue bom. Ele gosta de estudar, é bom aluno, eu não. Sempre fui meio vagabundo.

Jonas lembrou também dos quitutes da minha mãe, que faziam o maior sucesso nas festas de aniversário do colégio. E agradeceu:

— Na semana passada, apareceu aqui um playboy que disse que estudava com você. Obrigado pela indicação. Ele comprou dez filmes e mais cinco games de uma vez. Foi massa. Só vendo tanta mercadoria aos sábados ou na véspera de alguma data importante. Nem pediu desconto. Pode mandar mais clientes assim que eu vou gostar.

Borelli perguntou o nome dele, e Jonas respondeu na lata. Disse que não teria como esquecer um nome como aquele. Borelli mostrou uma foto da nossa turma, e Jonas confirmou.

— É esse mesmo... — apontou Jonas. — Ah, tô lembrando que ele até pediu para eu dar uma força pra você. Pediu que eu gravasse uma mensagem falando de um chinês que perseguia você. Armamos uma história pra dar um susto nele. O chinês parou de perturbar? Deu certo?

Eu e o Borelli, mais eu que o Borelli, contamos a ele tudo o que havia acontecido por causa da mensagem. À medida que falávamos, o sorriso do nosso reencontro foi secando feito uma uva-passa no rosto dele. Jonas ficou revoltado com a história e soltou um palavrão que foi ouvido em todo o quarteirão.

— Que mané! — socou o ar com raiva. — O cara me fez de palhaço para prejudicar um irmão. Não acredito. Vou estourar o nariz dele.

Borelli arregalou os olhos com a fúria do Jonas. Eu disse que era contra reagir com violência. Tinha uma ideia melhor.

Foi o dia em que mais me senti corajoso em toda a minha vida.

# TRINTA

**A ESCOLA CONVOCOU TODOS OS PAIS E ALUNOS DE** nossa turma para uma reunião de emergência no dia seguinte. A secretaria se encarregou de ligar para cada família. Sem entrar em detalhes, a convocação explicava que era um assunto de interesse geral. Minha mãe foi dispensada do trabalho na cozinha naquela manhã. Tio Valdeci não veio acompanhá-la porque não podia faltar mais uma vez na fábrica. A reunião foi feita no espaço musical, mais amplo que as salas de aula. Alguns pais apareceram utilizando máscaras cirúrgicas no rosto. Os pais do Chen não estavam presentes. Nem ele.

 A coordenadora cumprimentou os pais, agradeceu a todos que puderam atender ao chamado mesmo em cima da hora e apresentou a diretora. Ela foi para a frente da sala com duas folhas de papel sulfite nas mãos. O texto falava sobre o perigo que as notícias falsas estavam tomando em nossas vidas. Como elas estavam decidindo eleições, matando pessoas, disseminando ódio e arruinando reputações. Foi nesse ponto que ela começou a contar o caso que havia acontecido em nossa escola. Disse dos enormes esforços que eu fiz ao longo de dois anos para acompanhar a turma, da minha ficha escolar exemplar, das minhas dificuldades de acolhimento. Também citou os sérios problemas de xenofobia que o Chen enfrentou e que, tristemente, estavam tomando conta do planeta. Por fim, enumerou tudo o que a escola vinha fazendo para transformar seus alunos acima de tudo em bons cidadãos e o papel de cada um no combate ao bullying e à crescente desinformação.

Ela fez uma pausa para tomar um gole de água do copo que estava à sua frente e emendou com a história de acusação da qual fui vítima e que quase causou a minha expulsão. E, finalmente, pediu que as luzes da sala fossem apagadas e que todos prestassem atenção ao vídeo de um minuto e trinta e sete segundos que ela exibiria. Era o depoimento que Jonas gravou a nosso pedido. Olhei para trás e vi todos os rostos compenetrados.

Nas imagens, Jonas apresentou-se como ex-colega meu no Hildebrando Macedo e agora, por necessidade, vendedor ambulante. Explicou que trabalhava na Lapa e que, cinco dias antes, tinha recebido a visita de um garoto que se apresentou como Patrick. Ele guardou bem o nome "por causa do amigo do Bob Esponja", um desenho animado que costumava vender bastante. O garoto disse que tinha sido indicado por mim e comprou muitos DVDs e games. Depois de pagar, comentou consternado (o "consternado" fica por minha conta) que eu estaria sofrendo bullying de um chinês da escola e que por isso queria pregar um susto nele. Pediu que ele gravasse uma mensagem e que a enviasse para o número secreto de um amigo deles. Jonas terminou o vídeo pedindo desculpas para mim, para o Chen e para toda a escola.

Quando a luz se acendeu, antes que alguém falasse algo, o pai do Patrick se levantou e demonstrou toda a sua revolta:

— Que absurdo é esse, posso saber, dona Conceição? — atacou a diretora. — Agora a escola vai dar razão para delinquentes? O Patrick não tem nada a ver com isso. É óbvio que os dois combinaram essa farsa para livrar a barra deles e acusar o meu filho. Essa escola já foi melhor, mais bem frequentada, não acha? Essa caridade com tantos bolsistas, aliás, só aumenta as mensalidades a cada ano. Quem garante que isso não foi uma armação?

Como se estivesse tudo ensaiado, naquele momento, um sujeito magrinho, instalado em uma cadeira na parte do fundo, disse apenas "eu" com o dedo indicador em posição de sentido.

– De armação, eu entendo – disse, esbarrando na mãe que estava na cadeira da frente. – Desculpe, desculpe. Meu nome é Wagner Laranjeira, gerente da Ótica Plena Visão. Não houve armação, não. A história é verdadeira.

A pedido da escola, Wagner tinha resgatado as imagens da câmera de segurança externa da loja daquela tarde. Era possível reconhecer Patrick conversando com Jonas, comprando a mercadoria, pagando e pedindo para Jonas gravar o áudio.

O professor de tecnologia pediu a palavra e explicou que, ao rastrear o caminho que o áudio fez dentro dos grupos da escola, a porta de entrada foi um número de telefone que tinha sido registrado há alguns anos na ficha de inscrição para emergências como sendo de uma avó do Henrique. Para iniciar o ataque, contou o professor, ele escolheu um grupo em que eu não estava. "Ouçam o que eu acabei de receber. Pelo sim, pelo não, resolvi compartilhar", escreveu. Eu não teria tempo de reagir.

— Muita gente compartilha aquilo em que acredita ou deseja sem saber se é verdade — continuou o professor. — Uma notícia falsa tem setenta por cento mais chances de ser compartilhada que uma notícia verdadeira.

Um silêncio cúmplice tomou conta da sala.

Faltava apenas uma peça para fechar o quebra-cabeça. A coordenadora contou, então, que tinha recebido uma ligação da diretora do Hildebrando Macedo na noite anterior. Quando a notícia se espalhou com toda a fúria pela cidade, uma aluna foi procurá-la e disse que aquilo tudo não passava de uma brincadeira. Ela fazia parte de uma torcida organizada, e um dos filhos do diretor da organização a procurou perguntando pelo Jonas. Segundo a aluna, o garoto prometeu ingressos para um jogo se ela o ajudasse a localizá-lo. Foi assim que Henrique descobriu o paradeiro de Jonas e o repassou a Patrick.

Foi a vez de os pais do Henrique sentirem a casa cair. Ficaram envergonhados com o burburinho que ia aumentando em toda a sala.

– Você fez isso, Henrique? – perguntou o pai ao lado dele e da esposa.

– Era para dar um susto neles, só uma brincadeira mesmo, como a menina disse – respondeu Henrique cabisbaixo. – Como a gente ia saber que aconteceria tudo isso?

O pai disse alguma coisa, puxou Henrique e a esposa para fora. A família do Patrick aproveitou o embalo para se retirar também. A diretora ligou o microfone, pediu silêncio e fez um bonito pedido de desculpas para mim e para o Chen. Todos aplaudiram. Fiquei bastante envergonhado por ter me transformado de novo no centro das atenções. Eu ainda mato o Chen por não estar ali para dividir aquele momento comigo. Gravei um áudio contando o que tinha acabado de acontecer e enviei para ele. Acreditava que, ouvindo a alegria da minha voz, Chen veria que nós dois fomos vítimas iguais naquilo tudo. Não teria por que não me perdoar e voltarmos às boas.

Como se um julgamento tivesse terminado, minha mãe encostou a cabeça no meu ombro e me abraçou, aliviada depois de tamanha humilhação. Ela chorou tanto que molhou toda a manga da minha camiseta. Vi a mãe do Borelli o abraçando também.

— Você é o meu herói! – disse a mãe dele, abrindo um sorriso-vitrine típico de dentistas. – Sua atitude de ajudar um amigo foi muito digna. Merece um prêmio, pode escolher o que quiser.

— Quero um Bilhete Único – respondeu ele, com um sorriso maroto, piscando na minha direção.

Borelli também era o meu herói. Dei um abraço apertado nele.

— Muito obrigado, vou ficar te devendo...

— Que nada, cara! Você precisa agradecer mesmo à namorada do Chen... – a frase dele pesou uma tonelada em meus ouvidos.

— Quem? – fiquei desnorteado. – A... a... a... Carmen? Como assim?!?

Era uma surpresa atrás da outra.

— É, a Carmen. Não disse que uma amiga tinha me ajudado? Foi a Carmen. Ela é que conseguiu localizar a ótica e me passou o endereço.

Carmen era genial. Fiquei calado. Mais calado ainda quando ouvi:

— Filho...

Virei para trás e vi os braços musculosos do meu pai vindo na minha direção.

— Estava ali no fundo, não tinha mais lugar aqui

na frente – justificou. – Você foi valente demais. Que orgulho eu tenho do meu meninão.

    O abraço foi tão apertado que parecia que os meus ossos iam se quebrar. Meu pai disse que recebeu a ligação da secretaria no dia anterior e, pelo tom da convocação, achou por bem saber o que tinha acontecido. Cumprimentou a minha mãe de longe. Havia um monte de mães ao redor dela, todas pedindo desculpas por terem duvidado de mim e do Chen. Quando os abraços terminaram, meu pai perguntou se ela autorizava que almoçássemos juntos. Mamãe concordou imediatamente. A saudade que sinto dele é um segredo que guardo comigo. Só eu sei o quanto gosto de estar com ele.

    – Obrigado, Vitória! – agradeceu meu pai. – Vamos, então?

    Na porta da classe, o gerente da Plena Visão distribuía cartões e prometia descontos de quinze por cento para todos os alunos da Sophos. Um profissional que enxerga de longe todas as oportunidades.

* * *

    Na hora do jantar, a comemoração foi em casa. O primo Roberto apareceu com quatro pizzas quentinhas e dois guaranás de dois litros na mochila.

— O refrigerante está um pouco quente — pediu desculpas.

— Não tem problema — disse minha mãe. — Vou pegar o gelo no freezer e esperamos um pouco antes de tomar.

Coloquei as mãos na cabeça e iniciei a contagem regressiva: três, dois, um. Mamãe veio na minha direção mostrando a forminha só com duas pedrinhas de gelo. O olhar de bazuca dela já dizia tudo. Não precisou de qualquer palavra.

— Sua sorte é que hoje a comemoração é para você! — perdoou ela.

Tio Valdeci riu da situação e soltou mais uma de suas frases de biscoito da sorte:

— Com sorte, você atravessa o mundo. Sem sorte, você não atravessa nem a rua.

Foi o dia em que mais tive certeza de como é importante ter os pais ao lado (mesmo que eles não estejam juntos) em toda a minha vida.

# TRINTA
E UM

**COMO ERA DE ESPERAR, PATRICK E HENRIQUE FORAM** expulsos, digo, convidados a sair da escola – ainda que eles tenham espalhado nas redes sociais que resolveram ir embora. Henrique zombou da escola e fez troça de mim. O importante é que tudo tinha sido esclarecido. Muitos colegas, arrependidos, vieram falar comigo. Tsukimi, que estava em outro terceiro ano, perguntou se eu tinha mais alguns desenhos para vender a amigos do pai dele. Ganhei mais dinheiro com as gravuras de pássaros que estavam engavetadas – e corri até a loja e comprei finalmente a camiseta para Carmen. Seria o presente que daria a ela quando nos reconciliássemos. Porque eu tinha certeza de que isso aconteceria um dia.

As férias de julho ajudaram a enterrar o assunto de vez. Na volta, a escola intensificou as palestras sobre fake news. Toda semana falávamos sobre leitura reflexiva, pensamento crítico e diferença entre notícia e opinião em sala. Também discutíamos sobre ciberbullying e a importância de incentivar os alunos a relatar os casos. A coordenadora pediu que colocassem um mural em que os alunos do Ensino Médio eram convidados a afixar notícias falsas encontradas nas redes sociais. Teve um dia em que analisamos um caso de racismo que aconteceu numa escola franco-brasileira do Rio de Janeiro com uma garota negra de quinze anos. Tudo aconteceu dentro de um grupo de WhatsApp criado por alguns colegas do primeiro ano do Ensino Médio. Ela já tinha sido vítima de bullying dentro da sala, e a escola fez vista grossa, o que não pode jamais acontecer. Para minha alegria, a direção da Sophos começou a prestar mais atenção nisso.

Chen já tinha me pedido desculpas logo que tudo foi resolvido, e voltamos a conversar. Ele me disse que tinha sido preconceituoso quando não quis ouvir as minhas explicações e estava profundamente arrependido por causa do que fez. Selamos as pazes com um abraço. Ele me contou os apuros que ele e os pais haviam passado com a fake news da gripe chinesa. Ele teve que apagar o seu perfil das redes sociais e criar um novo. Eu não perguntava nada sobre Carmen, mas a acompanhava nas redes sociais. Só sabia dela pelas fotos que publicava cada vez menos.

No finalzinho de outubro, Chen me chamou para uma conversa, o que tinha ficado cada vez mais raro. Ele estava sério – e nessas horas, eu morria de medo que ele tivesse descoberto o que aconteceu comigo e com a Carmen. Mas o assunto era outro.

– Meu pai foi convidado para trabalhar no Consulado da China em Nova York e, depois de tudo que passamos por aqui neste ano, ele achou por bem aceitar – disse.

Soltei um "putz" e fiquei sem saber como continuar a frase. Acabei dando os parabéns pela novidade, e meus pensamentos foram voltando aos poucos ao normal.

– E a faculdade? – perguntei.

– Vou prestar o exame de admissão em uma universidade americana – ele explicou.

Só aí fiz a pergunta que mais me interessava:

– Como vai ficar o seu namoro com a Carmen?

– Quando contei que estudaria nos Estados Unidos, o pai da Carmen sugeriu que ela fizesse o mesmo – contou. – Deu a ideia de ela ir para Berklee, uma das mais famosas escolas de música do mundo, que fica em Boston. São quatro horas de trem de Boston a Nova York. Vamos poder continuar nos vendo.

"O amor é um pássaro rebelde", fiquei me lembrando da música da ópera e, por tabela, do relógio da cozinha de casa. O pássaro rebelde pode bater as asas e ir embora a qualquer momento.

Foi o dia em que mais senti um nó na garganta em toda a minha vida.

# TRINTA E DOIS

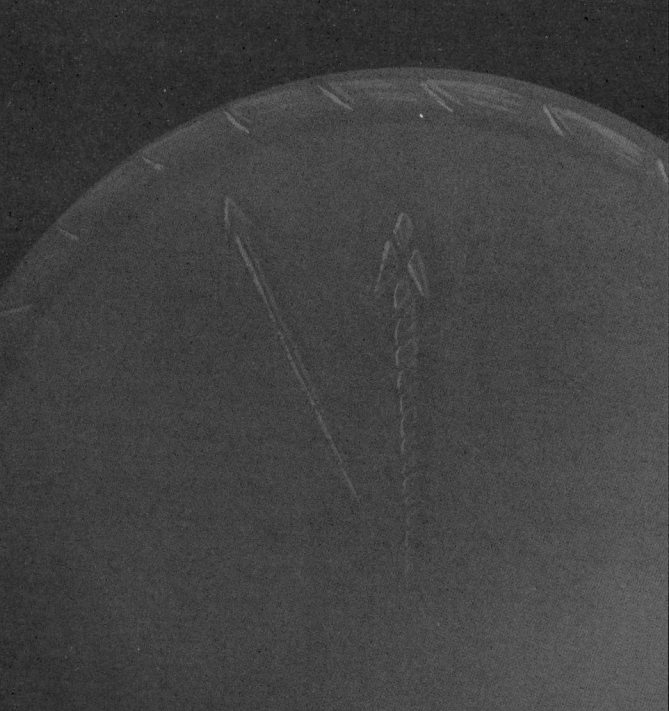

**EM CONTRAPARTIDA, A TRANQUILIDADE VOLTOU A REI-** nar em casa. Minha mãe tirou um peso das costas. Parecia muito feliz. Principalmente nas noites de quinta-feira quando voltava das aulas de zumba. Numa dessas noites, ela chegou e, do nada, me tirou para dançar, o que me matou de vergonha (eu a tinha poupado disso quando beijei Carmen pela primeira vez!). Mães jamais – em hipótese alguma! – devem chamar por apelidos de infância na frente dos amigos e tirar filhos para dançar. Dali a pouco, espichei o ouvido para entender, enquanto ela contava para tia Virgínia ao telefone que tinha conhecido um homem divorciado na lotação, dois anos mais novo, e que eles combinaram de sair no sábado. "Só para tomar um chocolate quente", repetiu umas quatro vezes.

Já Carmen desapareceu por completo. Tomou uma poção de sumiço. Parou de enviar músicas para mim. Da minha parte, de vez em sempre, eu tentava contato. Mandava canções que eu dizia ter acabado de descobrir (na verdade, muitas estavam anotadas no meu caderno desde a época do desafio). Era curioso como havia mesmo uma música certa para cada ocasião, Carmen estava certíssima. Dava para dizer absolutamente tudo com as letras de canções:

*E a cada hora que eu tô longe é um desperdício
Eu só tenho oitenta anos pela frente*

Em determinado momento, tentei uma última estratégia. Pesquisei no Google músicas com a palavra "saudade", que era o que eu mais vinha sentindo. Enviei oito de uma vez, na mesma noite, em intervalos de quinze minutos. Pensei: "Ou ela me bloqueia para sempre, ou água mole em violinista com coração duro tanto bate até que fura".

*Faz tempo que eu não te vejo
Ai que saudade d'ocê*

Nenhuma das estratégias, no entanto, pareceu comovê-la. Foi assim que fui ficando o segundo semestre inteiro sem notícias dela. Será que fiz bem? Eu seria aceito pelo pai dela? Ele iria querer que a filha trocasse um filho de diplomata, virtuoso no piano, pelo filho do segurança e da merendeira? Claro que não, óbvio. Vivi apenas um amor impossível, foi isso. Ou um amor possível que escolheu não acontecer. Teria dado certo se fosse o certo. Havia um enorme abismo entre a minha vida e a vida dela. Era como se habitássemos em lados opostos da Via Láctea.

Foi o dia em que a saudade bateu mais fundo em toda a minha vida.

# TRINTA
# E TRÊS

**QUANDO ENTRAMOS EM OUTUBRO, EU INTENSIFIQUEI** os estudos. Foi o que combinei com minha mãe para a reta final do ano. Em algumas tardes, porém, eu peguei a *bike* e fui até a porta do conservatório para vê-la saindo. Fiz isso poucas vezes. Bem, vou dizer a verdade: foram doze vezes. Ficava escondido num ponto de ônibus sempre lotado do outro lado da rua. Eu era apenas mais um na multidão, ela não me enxergava. Nunca tive coragem de atravessar a rua e falar com Carmen. E se ela fosse rude comigo ou me achasse inconveniente? No nosso último encontro, ela disse que não falaria comigo nunca mais. A minha avó, mãe da minha mãe, repetia sempre que "Quem põe o feitiço é que precisa providenciar o antídoto". Demorei muito para entender essa frase dela. Já sei de quem o tio Valdeci puxou o gosto por frases de efeito. Com a sabedoria que tinha, minha avó poderia fácil trabalhar como redatora na fábrica de biscoitos da sorte.

Da última vez que fiquei de campana, aconteceu algo inesperado. Chen saiu com Carmen lá de dentro do conservatório. Os dois caminharam juntos em direção ao "nosso" beco. Meu primeiro instinto foi segui-los. Mas desisti do plano. Não estava preparado para vê-los juntos. Tinha que cair na real: sou uma figura desinteressante, levo uma vida sem graça. No fundo, Carmen desejava me apresentar como namorado apenas para afrontar o pai autoritário. Fiquei me torturando com isso.

* * *

Acordei com um tremendo frio na barriga no dia da formatura do Ensino Médio. Como Carmen continuava sendo o meu primeiro pensamento ao acordar, mesmo depois de tudo o que aconteceu, lembrei que iria encontrá-la com Chen e não saberia como reagir. Mas não a vi lá. Deve ter se escondido muito bem porque, do palco, eu olhei poltrona por poltrona da plateia para ver se eu a encontrava. Tio Valdeci, que é o meu padrinho, me deu de presente calças, camisa social, um par de sapatos. Cortei o cabelo e passei gel. Por cima, todos vestimos uma beca preta. A escola me isentou do pagamento do aluguel da roupa, e achei um gesto muito bacana da diretora. A beca tinha um babado branco (parecia mais um babador) no peito e uma faixa azul-turquesa na cintura. Colocamos um chapéu quadrado muito engraçado. Ele tinha um pingente igual ao da cortina de casa. No fim da formatura, combinamos de jogar os chapéus para o alto. Foi muito divertido. Fiquei orgulhoso de sair com o meu diploma nas mãos. Mais uma etapa vencida. Pena mesmo Carmen não ter ido.

Foi o dia em que eu estava mais elegante em toda a minha vida.

# PENÚLTIMO

**O CONVITE FOI TOTALMENTE INESPERADO. MEU PAI** ligou dizendo que levaria Emerson para conhecer a praia. Queria que eu fosse junto para São Vicente com eles. Aceitei o convite mesmo antes de pedir a autorização da mamãe. Mas, quando falei, ela também adorou a ideia. Minha mãe estava exultante naquela semana. Tinha marcado de ir ao cinema com o divorciado da lotação. Outra notícia incrível: o supermercado em que tinha trabalhado antes da Sophos a chamou de volta, mas agora para o departamento financeiro – e ela aceitou na hora a proposta.

Na noite de sexta-feira, deixei a mochila pronta: duas sungas, dois shorts, duas cuecas, três camisetas, boné, chinelo, protetor solar, um livro, o carregador de celular. Não tinha óculos escuros. Coloquei o despertador para me acordar, mas passei a noite rolando no sofá, vendo os minutos passarem, tamanha a ansiedade.

Meu pai apareceu no sábado com seus habituais quinze minutos de atraso. Emerson fez a maior festa quando me viu. Não nos víamos havia bastante tempo. A viagem demorou quase duas horas. Pegamos um pouco de congestionamento para sair da cidade. Na estrada, o tráfego começou a fluir melhor. Meu pai estava numa felicidade só. Silmara tinha preparado sanduíches de atum no pão de forma, cortados em triângulos, para todos nós. Estavam uma delícia. Até comeria mais, só que me controlei.

Ficamos num apartamento de quarto e sala bem jeitoso. Eu e Emerson iríamos dividir o sofá-cama da sala. Adivinhe? O reizinho esperneou que queria uma cama só para ele, mas eu disse que o sofá era maneiro e que poderíamos aprontar muito à noite, quando os adultos estivessem dormindo. Ele gostou da ideia e parou de resmungar. O apartamento ficava a apenas seis quadras da praia, e Emerson estava ansioso para fazer castelos na areia, entrar no mar e pular as ondas. Meu pai encheu o *cooler* com bebidas e sanduíches. Lá fomos nós. Ficamos acomodados em duas mesinhas com guarda-sóis de um quiosque de praia de um conhe-

cido do meu pai, dos tempos em que ele era salva-
-vidas (ah, no caminho, ele me explicou que agora
se diz guarda-vidas mesmo). Assim que chegamos,
Emerson correu para a água. Papai e Silmara foram
atrás. Resolvi ficar um pouco mais na areia, olhando para além do horizonte (claro que me lembrei
de uma das músicas que enviei para Carmen). Jorge, dono do quiosque, veio ver se eu estava precisando de alguma coisa. O alto-falante começou a
tocar uma música que chamou a minha atenção, e
ele percebeu.

*A saudade bateu, foi que nem maré*
*Quando vem de repente de tarde*
*Invade e transborda esse bem me quer*
*A saudade é que nem maré*

— É *Que nem maré*, do meu xará, Jorge Vercillo
— disse ele, sem eu ter perguntado nada, mas lendo
meu pensamento.

Eu já tinha ouvido aquele nome, sim. Da primeira vez, pensei até que fosse um cantor gospel,
pois entendi Jorge Versículo.

— Você gosta de música? — continuou ele.

De novo aquela mesma pergunta. Disse que sim, tímido como sempre sou.

— Ouço essa música todos os dias e, quando ela toca, venho até aqui prestar reverência ao mar — explicou Jorge, bronzeado, com calção florido e regata branca, todo simpático.

Fiz aquela cara típica de quem espera por uma explicação depois de ter se interessado pela manchete.

— Na maior parte das vezes, a vida é calminha assim como o mar está hoje — apontou para a frente. — Ondas fraquinhas, sem perigo algum. Mas, outras vezes, o mar é traiçoeiro. Bem traiçoeiro. De repente, a maré sobe e nos pega de surpresa. Temos que estar preparados para nadar no mar calmo e também no mar agitado. Aprendi que a vida é assim. *Que nem maré!*

"Será que ele já havia enfrentado algum tsunâmi como o meu?", pensei, mas não perguntei. Continuei olhando para o mar — o mais longe que eu conseguia.

Naquela noite, Emerson capotou muito depressa ao meu lado. Pediu que eu contasse uma história, mas cochilou pouco depois do "Era uma vez".

Tinha brincado muito na água. Foi muito gostoso ouvir o "boa noite e até amanhã" do papai. Também estava cansado. Mas, como nas últimas duzentas noites, olhei o WhatsApp esperando por uma mensagem dela que eu sabia que não viria.

No escuro, resolvi enviar *Que nem maré* para Carmen. Só que me arrependi de ter apertado o "enviar" milésimos de segundo depois. Já devia ter parado de importuná-la, uma força interior me censurou. Por que fiz isso de novo? Até quando? Chega, chega, chega. Era hora de parar de sofrer. Apaguei a mensagem antes que ela a visualizasse. Ali, ouvindo a respiração alta do meu irmãozinho, resolvi que aquela tinha sido a nossa última canção. A última canção só minha, na verdade, pois Carmen jamais a veria. Tomei a decisão que parecia ser a mais acertada naquele momento: esquecer Carmen. Foi tudo tão intenso que não parecia que tinha durado tão pouco. Sabia que esquecer é como lutar contra a memória. O que a memória ama fica eterno. A gente não deixa de pensar em alguém de uma hora para a outra. Tem gente que é impossível esquecer. Mas eu iria tentar, por mais difícil que fosse. Focar apenas nos estudos. Desistir dessa ilusão.

Na noite de Natal, dei a camiseta "Sem a música, a vida seria um erro" para minha mãe. Ela adorou, mas disse que teria que trocá-la porque usava tamanho M.

Foi a decisão mais triste que tomei em toda a minha vida. Talvez a mais acertada também.

# FINAL

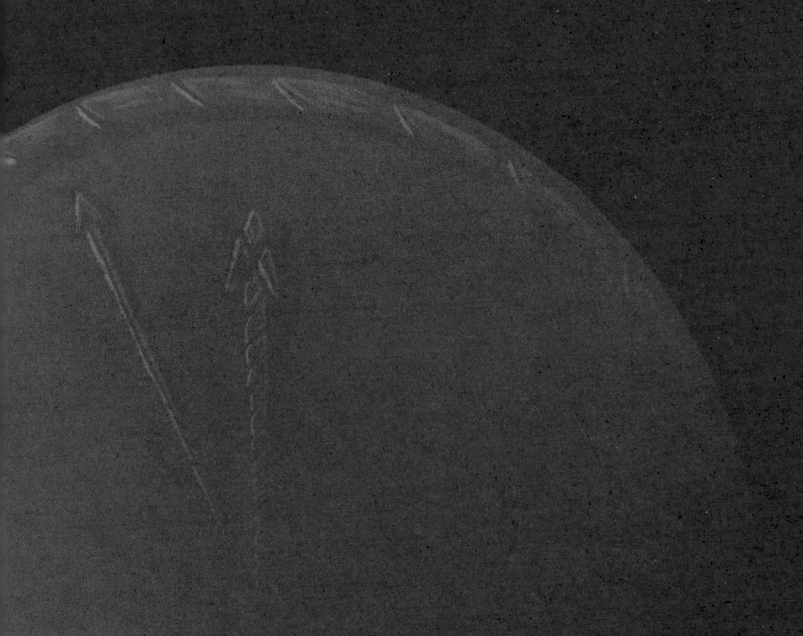

**ESTAVA NA HORA DE IR. FALTAVAM APENAS DEZOITO** minutos para a chegada do novo ano. Dei uma última olhada no celular para não perder o hábito e, como eu suspeitava, não havia nada de Carmen. Nenhum sinal de vida. Ela não tinha nem me desejado feliz Natal, e eu sabia que também não desejaria feliz Ano-Novo. Por motivos de segurança do pai, Chen era proibido de publicar fotos pessoais e sua localização nas redes sociais. Por isso, eu não conseguiria ver onde os dois estavam passando o Réveillon juntos. Borelli foi o único que me mandou votos de feliz Ano-Novo. O pai e a mãe dele tinham se separado três meses antes, e ele me disse que já havia se acostumado com a ideia. Borelli e a irmã embarcariam dali a três dias com a mãe para férias na Disney. Um dia, também quero levar meus filhos para conhecer a Disney. Viajar pelo mundo é o meu maior sonho.

Tudo o que tinha acontecido comigo, com a minha família e com os meus amigos neste ano me mostrou o quanto era importante conversarmos sempre sobre respeito, igualdade, ética, acolhimento, empatia e mais um monte de coisas que daria para encher folhas e folhas de um caderno. Frente e verso. Precisávamos conversar para acabar de vez com os grandes preconceitos que ainda existem no nosso mundo, ainda mais em um momento com tantas pessoas espalhando ódio e desinformação nas redes sociais. Era hora de um se colocar no lugar do outro. Vou deixar aqui guardada também a minha vontade de trabalhar com política social. Fazer o bem está no meu coração. Acho que posso ajudar a melhorar o nosso mundo, sim.

Apaguei a luz da cozinha, fechei a porta e saí com a minha bicicleta. Estava com a mesma camiseta branca da passagem de ano anterior. Minha família era cheia de rituais: todos vestiam alguma peça branca e, depois da meia-noite, era obrigatório comer uma colherada de lentilha. Pior é que eu não sou muito chegado à lentilha, mas não tinha conversa. Também escrevíamos nossas três principais metas para o ano que estava nascendo. Logo depois da meia-noite, pegávamos os papéis do último Réveillon para conferir se as metas tinham sido cumpridas. Era divertido. Perder peso era a meta mais desrespeitada de todas.

Toquei a campainha da casa da tia Virgínia e quem atendeu foi minha mãe:

— Até que enfim! Achei que você não viria mais...

Sabia que não escaparia de levar a última bronca do ano. Levar menos broncas da minha mãe poderia ser uma das três metas agora, ao chegar nos meus dezoito anos. Outras duas eram bem óbvias: entrar na faculdade e arrumar um emprego legal.

Lá de dentro, ouvi o grito da tia Virgínia:

— Ele chegou?

— Finalmente! – gritou de volta minha mãe.

Percebi uma certa agitação na sala quando entrei.

— Temos uma surpresa para você... – mamãe foi me levando pela mão. Imaginei que ela me apresentaria ao divorciado da lotação e eu teria que fazer uma cara simpática para ele. Ou será que convidaram o gerente da Ótica Plena Visão?

Errei os dois palpites.

Carmen estava ali, com um vestido branco lindo e sandálias douradas que a deixavam mais alta, segurando seu violino, rodeada pelos meus tios, primos e agregados.

— Ela me procurou na escola e disse que queria fazer uma surpresa para você, que não era pra gente comentar nada — minha mãe parecia querer se desculpar por não ter me contado antes.

— Você demorou muito — resmungou tio Valdeci. — Já servi até um biscoito da sorte para ela...

Todos falavam ao mesmo tempo. A presença da Carmen tinha dado um astral diferente na casa. Era até difícil entender as frases.

— A Carmen estava tocando algumas músicas para nós — explicou tia Virgínia. — Essa garota vai longe!

— Tocou até a música que me faz lembrar o seu pai... Da Whitney Houston... Desconfio até que ele resolveu ser segurança de tanto que ouvíamos essa música. É daquele filme... Sabe qual é?

— Não, mãe. Qual é? — tentei balbuciar alguma coisa.

— *I will always love you* — respondeu Carmen. — Quer dizer: "Eu sempre amarei você...". Do filme *O guarda-costas*.

Não precisei de legendas para entender a tradução do nome da música. Meu inglês também não era mais tão ruim assim. Meu coração batia com tanta força que chegava a doer. Cheguei a pensar que ele explodiria. Até ouvi barulhos de explosão. Mas vinham de fora. Eram os fogos de artifício e foi a senha para todos começarem a se abraçar na sala. A TV ligada, mas sem som, mostrava o foguetório na praia de Copacabana, no Rio de Janeiro. Também ouvi o cantar do uirapuru anunciando a meia-noite. Ah, esqueci de contar que tia Virgínia gostou tanto do nosso relógio de pássaros que comprou um igual. Achei que o primeiro abraço seria da minha mãe, mas alguém pediu ajuda lá da cozinha, e ela saiu correndo. Carmen aproveitou a falta de marcação, deixou o violino em uma poltrona e veio na minha direção.

– Você gosta de lentilha? – tentei quebrar o gelo tanto tempo depois.

– Gosto muito.

– Ainda bem!

– Devo um pedido de desculpas a você. Não deveria ter duvidado da sua palavra. Demorei para te procurar porque estava envergonhada com o meu comportamento.

Só balbuciei um "Tudo bem" tímido. Imagino que ela estivesse esperando uma reação mais efusiva, mas meus músculos pareciam paralisados. Eu não era uma pessoa de falar muito, e Carmen conseguia me deixar com um estoque ainda menor de palavras.

— Preciso agradecer o que você fez por mim.

— Não precisa, não – disse ela. – Sei que faria o mesmo por mim. Mesmo depois de tudo aquilo que eu disse.

— Quando é que você vai para Boston? – perguntei.

— Isso é um convite? – ela abriu um sorriso lindo. – Prefiro Sevilha!

Fiquei sem entender, um pouco confuso:

— Você não vai estudar lá?

— Meu pai queria que eu fosse, mas eu disse que não. Já estou na idade de parar de fazer tudo o que meus pais querem, não acha? Não vou seguir a carreira de música profissional como ele... É muita pressão. Quero tocar apenas para me divertir.

— Não vai ser violinista?

— Não. Sabe que eu gostei desse negócio de desenhar? Decidi que vou ser designer.

— Mas... e o Chen?

— Conversamos e terminamos o namoro numa boa. No fundo, eu achava que o meu pai gostava mais dele do que eu...

— E agora o que a gente faz?

— Faz!

Foi aí que ela me entregou um papel dobradinho:

— Toma! Escrevi para você.

Eu li: "O que tiver que ser/ Será meu/ Tá escrito nas estrelas/ Vai reclamar com Deus". Era um trecho de *Vida loka – Parte 2*, que tinha se tornado a nossa música preferida dos Racionais.

— Feliz Ano-Novo, José! – Carmen me deu um abraço apertado. – José... o mesmo nome da grande paixão de Carmen da ópera.

Só não vou dizer que foi o melhor começo de ano de toda a minha vida porque os que vêm por aí prometem ser ainda melhores.